推荐语

传统文化和现代科技相结合，再加上丰富的绘画性和表现性，唯美夸张，这套国际大奖动物小说非常具有欣赏价值。

——沈石溪（作家）

这些动物故事充满人性的光辉，在善与恶、美与丑的对决中，告诉人们什么才是正义、勇气和智慧。

——杨鹏（作家）

这些故事在描述动物奇幻冒险之旅时，也将动物与人类间的真挚情感娓娓道来，让我们再次感受到不同生命间质朴的互动，重新寻回原始的感染力。

——金曾豪（作家）

在这些故事里，动物们不仅主宰自己的命运，甚至能拯救人类世界。它们的品质值得我们尊敬，它们的生命值得我们爱护和珍惜。

——李传锋（作家）

这套动物小说最大的不同之处在于将动物的自然品性与新颖的奇幻冒险故事结合起来，跌宕起伏的情节让人惊叹不已。

——朱新望（作家）

　　这套书里有获得"英国红房子童书奖""美国《学校图书馆杂志》最佳图书奖"的作者，有获得"德国绘本大奖""德国青少年文学奖"的插画大师，是值得收藏的经典之作。

——张子漠（《猫武士》译者）

　　这些故事拉近人类与动物的距离，让你和你的宠物离得更近。深刻诠释了"动物是人类最好的朋友"这一真理。

——Fefe喆妈（喆妈公益阅读创始人）

沈石溪 ◎ 主编

了不起的动物伙伴

Atticus Claw Settles a Score

大盗虎斑猫 II

智斗女特工

[英]詹妮弗·格雷(Jennifer Gray) ◎ 著

王忆镭 ◎ 绘　潘鹤文 ◎ 译

广西科学技术出版社

著作权合同登记号 桂图登字：20-2014-096

ATTICUS CLAW SETTLES A SCORE by JENNIFER GRAY
Copyright: ©2013 BY JENNIFER GRAY
This edition arranged with FABER AND FABER LTD.
Through BIG APPLE AGENCY, INC., LABUAN, MALAYSIA.
Simplified Chinese edition copyright:
2014 Shanghai Gaotan Culture Co.,Ltd.
All rights reserved.

中文简体字版权由上海高谈文化传播有限公司所有

图书在版编目（CIP）数据

大盗虎斑猫 Ⅱ 智斗女特工 / (英) 詹妮弗·格雷著；潘鹤文译；王忆镭绘. — 南宁：广西科学技术出版社，2014.8

（了不起的动物伙伴.第1辑；2）

ISBN 978-7-5551-0192-5

Ⅰ. ①大… Ⅱ. ①詹… ②潘… ③王… Ⅲ. ①儿童文学—长篇小说—英国—现代 Ⅳ.①I561.84

中国版本图书馆CIP数据核字（2014）第124578号

DADAO HUBANMAO Ⅱ ZHIDOU NÜ TEGONG

大盗虎斑猫 Ⅱ 智斗女特工

作　　者：[英]詹妮弗·格雷		翻　　译：潘鹤文	
绘　　图：王忆镭		特约策划：上海高谈文化	
责任编辑：蒋　伟　王滟明		特约编辑：宣慧敏　夏永为　彭夏良	
助理编辑：聂　青　曹红宝		内文排版：高志通	
封面设计：杨　婕　于　是		责任印制：陆　弟	
责任校对：曾高兴　田　芳		策　　划：何　醒 孟　辰 蒋　伟	
版　　权：沈　睿　周颖琪			

出 版 人：韦鸿学		出版发行：广西科学技术出版社	
社　　址：广西南宁市东葛路66号		邮政编码：530022	
电　　话：010-53202557（北京）		传　　真：010-53202554（北京）	
0771-5845660（南宁）		0771-5878485（南宁）	
网　　址：http://www.ygxm.cn		在线阅读：http://www.ygxm.cn	

经　　销：全国各地新华书店			
印　　刷：安徽新华印刷股份有限公司		邮政编码：230041	
地　　址：合肥市砀山路10号		电　　话：0551-65859128	
开　　本：635 mm × 900 mm　1/16			
字　　数：121千字		印　　张：12	
版　　次：2014年8月第1版		印　　次：2014年8月第1次印刷	
书　　号：ISBN 978-7-5551-0192-5			
定　　价：18.00元			

动物小说的新口味（序）

沈石溪

　　我把这套"了不起的动物伙伴"归类于奇幻动物小说。

　　奇幻动物小说是由奇幻小说衍生出来的一个新变种。众所周知，奇幻小说之中的"奇幻"一词，是由英文的"fantasy"翻译而来。奇幻小说有悠久、卓越的历史，源头可上溯至希腊神话和罗马神话（特别是荷马的《奥德赛》）、北欧神话（日耳曼神话）、史诗（如《贝奥武夫》等）。《亚瑟王的传说》，堪称当代奇幻小说的先驱，充满了大量的魔法、剑术、浪漫传奇和轮廓鲜明的道德问题。奇幻小说的故事结构多半以神话与宗教以及古老传说为设定背景，因而具有独特的世界观和表现手法。前几年风靡全球的《哈利·波特》系列，也是优秀的奇幻小说。所谓的奇幻动物小说，就是应用奇幻小说夸张、变形、幻想等表现手法，描写以动物为主角的文学作品。

　　奇幻动物小说既区别于传统动物小说，又区别于动物童话。传统的动物小说发轫于二十世纪初，开山鼻祖当推美国作家杰克·伦敦，他的作品从动物的特性着眼结构故事，对动

1

行为的自然动机观察入微，蕴含着深刻的哲理，代表作有《野性的呼唤》、《白牙》等。加拿大作家欧内斯特·汤普森·西顿，被称为"现代动物小说之父"，他笔下的动物真实、生动，充满生命的尊严，一直是喜爱野生动物者必读的经典，代表作有《小战马》、《狼王洛波》等。日本作家椋鸠十，也称得上是动物小说大师，他以日本文化为观照，对大自然施以现实主义的透视，将动物行为与自然的伦理观巧妙融合，站在动物的立场上观照人与动物世界的美与善，代表作有《孤岛野犬》、《赤鸟》等。与上述这些传统的经典的动物小说相比，奇幻动物小说突破现实生活的束缚，突破动物的生理限制，突破人类对动物世界的认知局限，紧紧抓住奇幻本身所具有的特点，夸大物种特征，不仅让动物开口说话，动物还具备复杂精妙的心理感受，动物世界往往与人类社会的生活形态交融在一起，亦人亦兽，似人似兽，非人非兽，大胆求新求变，以逸出物种局限的心理感受和高级思维来表达深邃的主题。

奇幻动物小说也不同于一般意义上的动物童话。传统童话中的动物形象，往往是人类社会生活的某种符号，外貌是兽，内心是人，写的是兽，指的是人。动物是木偶，是道具。奇幻动物小说中的动物角色，虽然会说话，并有复杂的心理活动，但作者对笔下的动物充满同情与敬畏，把动物看作是与人类平等的生命，依靠动物来观察环境、叙述故事和演绎情节，把握自由想象的尺度，以动物的物性、灵性和天性来构造艺术氛围。因此，虽然大多数奇幻动物小说里的动物形象都是虚构的，是超脱现实而构想出来的形象，却仍给读者一种小说艺术的真实感和厚重感。

奇幻动物小说中的动物风趣幽默、古灵精怪，同时又充满孩子气，而且它们还能做我们现实生活中不能做的事，说现实生活中不能说的话，个性叛逆，不拘一格，不守约定俗成的规矩，这就极大地满足了人们在现实生活中不能满足的愿望，从而能够达到愉悦和放松身心、体味不同人生的效果。奇幻动物小说往往配有大量精美的插画，无论是从情节上还是视觉效果上，都具有较强的冲击力和可读性，大体符合幼儿和青少年追求新奇和唯美的特点，因而能为广大读者所接受和喜爱，慢慢成为一种新型的文学变种。

近几十年，国外相继涌现出一批奇幻动物小说。美国著名作家、纽伯瑞大奖得主凯瑟琳·拉丝基的《猫头鹰王国》系列，是一部讲述猫头鹰世界的奇幻小说。法国文坛新锐作家贝尔纳·韦尔贝尔以奇异和大胆的想象，及丰富的知识和哲理，创作了以蚂蚁为题材的系列作品《蚂蚁》、《蚂蚁时代》、《蚂蚁革命》，展示了完全超乎人们思维方式和常识规范的新颖独特的题材特色。英国资深童书作家凯特·卡里、基立·鲍德卓、维多利亚·霍姆斯和图伊·萨瑟兰，一起以艾琳·亨特为笔名，共同创作并轮流写成风靡海外的动物励志奇幻小说《猫武士》。这些奇幻动物小说中的动物会说话，会思考，还会做梦，是将动物习性、人性和奇幻完美结合，在现实和想象中任意驰骋的佳作。

这套"了不起的动物伙伴"中的优秀作品《魔宠》系列，由《魔宠 I 王国守护者》、《魔宠 II 王冠的秘密》、《魔宠 III 英雄的光环》三个既独立又互相关联的故事组合而成。作家亚当·杰·爱普斯坦和安德鲁·雅各布森，两人在洛杉矶相识后便成为最佳拍档，共同创作电影与电视剧本。这是他们合作的第一套奇幻动物小说，每个字、每个句子与每个篇章都是他们共同完成的。人类王国的命运，竟然掌握在三只动物的手里。谁说动物一定得听命于人类，且看三只动物如何以机智、勇气和魔法拯救人类！那个奇想世界里充满了两位作者对动物与魔法的喜爱。

这套"了不起的动物伙伴"的另一个系列是《大盗虎斑猫 I 连环失窃案》和《大盗虎斑猫 II 智斗女特工》。作者是位名叫詹妮弗·格雷的女作家，这几年来她为儿童创作了大量有趣的喜剧作品。她创作的其他小说有《豚鼠在线》等。詹妮弗·格雷曾经当过多年的出庭律师，经常在法庭上与惯偷窃贼打交道，这使她突发奇想，要创作一只世界上最神通广大的盗贼猫！于是她构想出一只耳朵被咬掉一口、脖子上系着围巾的虎斑猫，别名"大盗虎斑猫"。它总能招来麻烦，一开始，它受雇于大恶棍吉米，要去偷盗珠宝。其实，神偷有时候也希望自己有个家，有个天天供应它沙丁鱼的主人。这时，它碰到了探长一家。神偷开始考虑，是不是该改邪归正呢？邪恶的生活有没有乐趣？让我们大家拭目以待吧！

奇幻动物小说具有传统文化和现代科技相结合的特色，唯美夸张，再加上还有丰富的绘画性和表现性，使其更具欣赏价值。它不仅吸引着青少年，也吸引着成人读者。儿童从动物小说的奇幻中吸取的是一种直观景象和滑稽的趣味，而成人却被其中夸张的艺术感染力所吸引，享受到一种休闲和童真的乐趣。让我们通过"了不起的动物伙伴"这个窗口，来共同品味动物小说的新口味——奇幻动物小说吧。

珍宝馆

断头台

护
城
河

售票处

咖啡馆

塔桥

塔

铁闸门

叛徒门

伦敦塔

目 录

1
伦敦上空的记忆

全世界最了不起的猫大盗阿拉酷斯·文绉绉酷斯·喵喵普斯·利爪洗心革面啦!

不过,眼下它有点不太舒服。阿拉酷斯不喜欢飞,它觉得飞是鸟的事儿,跟猫可没有半毛钱的关系。在过去的大盗生涯中,阿拉酷斯通常搭乘游轮或者火车头等舱出行,飞机根本不在它的备选名单上。可是,此时此刻它才发觉,自己正待在一个远比飞机还要恐怖的玩意儿里。这东西甚至比直升机或者热气球更让它抓狂。对于虎斑猫而言,简直是难以忍受的折磨。

阿拉酷斯睁开一只眼睛,又赶紧闭上。早知道查达一家打算带它坐这玩意儿,它是绝不会跟他们来伦敦度假的。凯莉第一次指给它看的时候,阿拉酷斯还以为那玩意儿是一个巨型仓鼠滚轮呢。(它早该想到旅游旺季的伦敦街头怎么可能有这么多巨型仓鼠滚轮呢。)其实阿拉酷斯只是希望有人能够提前知会它一下。还有信任可言吗?不过一分钟前,迈克尔还分了一口鱼酱三明治给它，紧接着，凯莉把它围了个严严实实。不过就一眨眼的工夫，它居然已经被困在这个看起来不堪一击的玻璃仓里，被金属架吊在空中绕圈，越升越高。

"你还好吗，阿拉酷斯？"凯莉轻轻地搂着它问。

"你看着有点奇怪。"迈克尔搔了搔它的下巴，"你觉得不舒服吗？"

阿拉酷斯弱弱地呼噜着。终于，他们终于注意到了！不过，未免为时已晚。他们已经离地面很高了啊。

"我们现在乘坐的东西名叫伦敦眼，阿拉酷斯，"查达夫人握着它的爪子说，"不必担心，几乎每个到伦敦旅游的人都会到这儿来。等我们到达最高点，就能看见最不可思议的景色。"

伦敦眼？为什么大家都想来伦敦眼？阿拉酷斯把眼睛闭得紧紧的。它可一点也不想看泰晤士河。难道查达夫人不知道猫都怕水吗？它想从伦敦眼上下去。"喵！"阿拉酷斯叫了一声。

"别把它宠坏了！"查达警探严肃地说，"它现在可是一只警猫，不是宠物，得强悍点儿。"

阿拉酷斯不清楚"宠"是什么意思，不过听上去好像还不错，像是有鱼吃的样子。它只想知道究竟是什么鱼，沙丁鱼还是鳟鱼？如果是虾的话也不错。此时此刻，它们听着可比当警

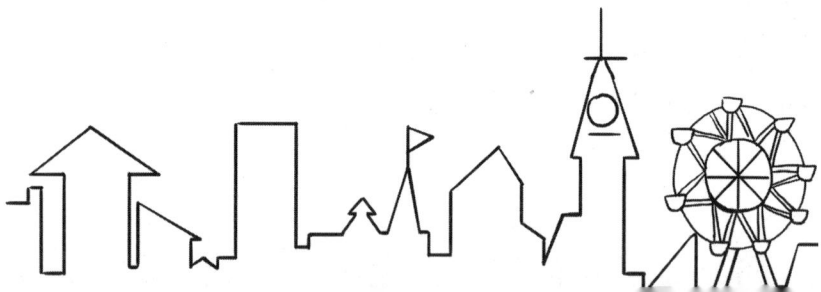

猫有趣多了。阿拉酷斯耷拉下那只残耳，心里寻思着现在改变主意会不会太迟了。

"可是我们在度假啊，爸爸！"迈克尔抚摸着阿拉酷斯那只完好的耳朵，为它打抱不平。

"多亏了阿拉酷斯。"凯莉随手正了正它脖子上系着的红围巾。

"还有塔克夫妇。"查达夫人补了一句。

阿拉酷斯睁开一只眼睛。伦敦之行是女管家塔克夫人送给查达一家的礼物，为了庆祝阿拉酷斯弃暗投明，不再做猫大盗，同时也恭喜它成为警猫。喜鹊吉米和它的手下突袭勋爵庄园的珠宝展，企图盗窃勋爵夫妇的头冠时，阿拉酷斯成功地粉碎了它们的邪恶计划，立下了头功。

"说到塔克夫人和老塔克，"凯莉叹了口气说，"真希望他们也能来。"

这想法跟阿拉酷斯不谋而合。塔克夫人的篮子里总是装满了新鲜的沙丁鱼，都是老塔克刚刚从海里捞上来的。老塔克也总有讲不完的惊心动魄的海怪故事，还有他那令人着迷的胡子和针织套衫。他的针织套衫时常缠在一块儿，分不出彼此，里面还卡着各式各样有趣的吃食，没人注意的时候，老塔克就拜托阿拉酷斯用爪子帮他把那些残渣都钩出来。

"我也想他们了，"查达夫人说，"可是这周末他们要忙着搬进勋爵庄园，不过，他俩说等我们回去的时候可以去他们家玩儿。"

听了这话，阿拉酷斯的咕噜声更响亮了，它真替塔克夫妇二人感到开心。勋爵夫妇的头冠（他们曾经声称是无价之宝）最后被证明是个假货，而塔克夫人的红宝石项链（她曾以为是赝品）却是一件价值连城的宝贝。正因如此，塔克夫妇要搬进勋爵庄园，而且送查达一家来度假，而傲慢自大的勋爵夫妇最后只能在市政垃圾场附近买一辆破旧的大篷车，接一些擦勺子的活儿。

查达警探皱着眉盯着阿拉酷斯。"不过抓了几只微不足道的喜鹊而已，并不意味着你可以放松警惕，只要你还属于警察队伍，就得一天24小时睁大双眼，假日也不例外。"

一天24小时！阿拉酷斯几乎不敢相信自己的耳朵。他在开玩笑吧？不用睡觉？不用吃饭？不用窝在沙发上看电视啦？更不要说和漂亮的缅甸猫咪咪一起去立托顿的海滩小屋附近散步了。光做这些事儿，一天就要耗去23个小时。只剩一个小时当警猫！（当然啦，过去当它还是一只猫大盗的时候，阿拉酷斯还要额外花费一点时间溜进别人家，用它锋利的爪子打开保险箱偷走他们的珠宝。不过现在它已经金盆洗手了，自从查达一家给了它一个家，它再也没干过那种勾当了。）

"还有一件事，阿拉酷斯，"查达警探看着阿拉酷斯痛苦的表情，不以为然地说，"警猫永远不能在公共场合表现出不

舒服的样子，那会给公众留下不好的印象。如果你不想去指挥交通的话，要牢记这一点。"

阿拉酷斯长叹一声，睁开了另一只眼睛。别在围巾上的警猫徽章倒影在玻璃上，反射出耀眼刺目的光芒。阿拉酷斯为自己的警徽感到自豪，也很骄傲能够成为一只警猫，但是它可不想一天24小时待命，尤其是当它休假的时候。不过，它也不想让查达警探失望，因为是他让阿拉酷斯成为了第一只警猫。阿拉酷斯深吸了一口气，跳出了凯莉的怀抱。

"这不就好多了。"查达警探把注意力转向窗外，指着外面的风景说，"那是白金汉宫。还有伦敦塔。看见那里了吗？那里是特拉法加广场。喔，快看下面，那是大本钟！"

孩子们把小脸紧贴在玻璃窗上，向外望去。

阿拉酷斯强迫自己也往外看。伦敦市在它脚下展开。阿拉酷斯感觉自己的寒毛都竖了起来。距离上次来伦敦已经过了很长的一段时间，但是它并没有忘记这一切。即便从这个高度望去，很多景色看起来也相当熟悉。看着这些，飘逝的记忆如潮水般扑面而来。

正是在伦敦，阿拉酷斯踏上了大盗之路。

巧的是，这两件事是拜同一只动物所赐，跟它比起来，喜鹊吉米和它的手下们仿佛剥了皮的水煮蛋一般纯洁。那家伙的名字叫饼干，姜饼干。它是全世界最残暴的公猫，曾为一个名叫泽尼亚·克洛伯的俄罗斯女罪犯效力。至少记忆中是这样的。

曾经它们两个都在她手底下干活儿，直到后来阿拉酷斯逃跑了……

一时间，阿拉酷斯忘记了讨厌的高空，忘记了身体的不舒服，甚至感受不到丝毫的畏惧。

"快看阿拉酷斯！"迈克尔说，"它看起来好多了。"

"它可真勇敢！"凯莉赞同道。

"做得好，阿拉酷斯。"查达夫人称赞着。

"这还差不多。"查达警探点了点头。

阿拉酷斯对他们的话充耳未闻，脑海里想的全是姜饼干。既然现在它摇身一变成了警猫，那么它是不是有机会把自己的宿敌关进大牢呢？阿拉酷斯当然希望如此。

几乎是无意识地，它抬起爪子摸了摸那只残耳。

看来，还有一笔旧账要算。

2
监狱里的密谋

阿拉酷斯·利爪透过伦敦眼俯视着整个伦敦，几乎与此同时，在皇家鸟类重刑犯监狱的牢房里，三只黑白相间的鸟排成一排坐在长椅上，它们的翅膀泛着深蓝色的光，尾巴上长着翠绿色的羽毛。第一只鸟身材肥圆，尾巴光秃秃的。第二只则瘦骨嶙峋，一只脚弯成钩子状。第三只鸟十分壮硕，羽毛光滑，歪着头，与其他两只隔开了些许距离，闪闪发亮的眼睛透出凶狠的目光。三只鸟的脚腕处无一例外都锁着铁环，另一端拴着长凳。

胖胖的那只鸟长叹了一口气，站起来，转身面向墙壁。

"不要！"瘦弱的那只赶忙用翅膀捂住耳朵，大叫着。

"我非得这么做，柴刀，"恶棍说，"否则我就记不清了。"

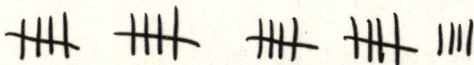

~~卌~~ ~~卌~~ ~~卌~~ ~~卌~~ 川

恶棍的小尖嘴痛苦而缓慢地刮过潮湿的墙砖，划掉最后一组记号。

它坐回原位，审视着自己的作品，自豪地说："只剩下2530天了。"

柴刀收起翅膀。"如果接下来的七年你每天都要这么做的话，恶棍，我发誓我一定会把你撕成碎片。"

"事实上，只有6年零340天。"恶棍说。

"那闰年呢？"柴刀反问它。

恶棍面露困惑之色，掰开爪子数了起来。忽然间，它呜咽出声。"我必须得离开这儿！"恶棍抽泣着说，"我受不了了，我感觉自己已经有点神志不清了。"

"啊，闭嘴，恶棍，"柴刀抬起没拴铁链的那只脚，踢了它一下，"你的脑袋本来就是一团糨糊。我们会被困在这里还不都是因为你。如果在勋爵庄园的珠宝展上，你能挺身挡住阿拉酷斯·利爪的话，吉米和我不就逃走了吗？可是你呢，你居然就那样投降了。"

"闭上你的臭嘴，柴刀，"恶棍恼羞成怒，用仅存的秃尾巴戳着狱友的肋骨，"我忙着的时候怎么没见你伸手帮忙。事实上，刚知道利爪在附近的时候你就昏过去了。"

"喳！喳！喳！喳！喳！"

"喳！喳！喳！喳！喳！"

两只喜鹊怒气冲冲地朝对方嚷着。

第三只喜鹊瞪着亮晶晶的眼睛盯着它俩，若有所思。"小伙子们，小伙子们，小伙子们，"喜鹊吉米轻声地打断了它俩的争吵，"这件事不该怪罪你们中的任何一个，都是我的错。"

听了这话，恶棍和柴刀目瞪口呆地看着它。

"但是您是不会犯错的，老大。"柴刀粗着嗓子叫着，"您一直都是这么跟我们说的。"

"是呀，都是柴刀的错。"恶棍赞同道。

"这次不一样。"吉米不耐烦地摇了摇头，"是我的错。我低估了阿拉酷斯·利爪。它比我想象的聪明，尤其是当它和人类联合起来的时候。"吉米咬牙切齿地说。

恶棍和柴刀紧张地对视了一眼。要是你不想被啄脑袋的话，最好不要在吉米面前谈论关于人类的话题。

"人类。"吉米自顾自地重复着，"捕鸟、杀鸟的人类，喜鹊杀手。"

恶棍和柴刀等待着。

"喳！喳！喳！喳！喳！"突然间，吉米猛地发起怒来。它疯狂地拍打着翅膀，挣直锁链飞到半空中，拼命地挣扎着。

"我要找阿拉酷斯·利爪报仇，"吉米呸地吐了一口口水，"它居然胆敢和下作的查达一家勾结起来，把我搞得像只

愚蠢的虎皮鹦鹉似的。我要啄瞎它的眼睛，我要揪光它的胡须，我要剥下它的猫皮拿来絮窝。"

"我还不知道您会筑巢呢，老大，"恶棍一脸崇拜地问，"您能教教我吗？"

"不能，你这个笨蛋，"吉米扯着嗓子叫道，"那只是一种表达方式。"

恶棍丧气地垂下头。

"可是怎么做呢，老大？"柴刀问，"我们怎么逃出去呢？这地方就像一座监狱。"

"它就是监狱，你这个白痴！"喜鹊吉米哑着嗓子骂着，"不过，我在外面还有些朋友。有几个从勋爵庄园逃走的家伙已经来探过风了。"

"谁啊？"

"贪吃鬼、大胃和傻蛋。"

恶棍和柴刀不约而同地朝对方咧开嘴，笑了起来。贪吃鬼、大胃和傻蛋是它俩特别中意的三只喜鹊。它们五个最喜欢趁一大早跑去欺负鸟宝宝，下午就往人们刚洗好、晾在外面的衣服上拉屎。

"你还记得我们联合起来对付那些知更鸟宝宝的事吗？"柴刀咯咯地笑着，"我记得贪吃鬼跟它们说，它们的胸之所以是红色的，是因为签订了知更鸟腐烂契约，当时就把它们全都吓哭了，哈哈哈哈。"

"过去的好日子啊！"恶棍叹了口气。

"不过，显然勋爵庄园的小冒险让我们声名远播了，"吉米落回长椅上，"有人在打听我们的事儿。"

"有人？"柴刀迟疑地问。

"您的意思……莫非是……"恶棍压低嗓子以防万一，"人类？"

"是的，就是这个意思。"吉米淡定地说，"不过并非是你所说的那种平庸的虐鸟人类。这是一个欣赏我们喜鹊的人，一个钦佩我们行事风格的人，一个对我们有兴趣，想让我们为她效力的人。"吉米的眼睛里透出激动的神采，"一个想让我们帮她偷点'大'东西的人。"

恶棍面露喜色。"是什么，亮闪闪的东西吗？"

"猜对了，恶棍，亮闪闪的东西。"

"可我们怎么从这儿逃出去呢？"柴刀又问了一遍。

"耐心点，柴刀，"喜鹊吉米仰躺在长椅上，将两只翅膀叠在脑后，"一切都已经安排好了，用不了太久。我们要做的只是等待。"它合上眼睛接着说，"待这项工作搞定之日，就是我们向利爪复仇之时。"

嘎吱——嘎吱——嘎吱——嘎吱——嘎吱——

坐在办公桌后的狱警抬起头，只见面前站着一位身材矮小的老妇人，她穿着一件破旧的雨衣，戴着一顶保温帽子，倚靠着一辆手推车。"有什么需要我帮忙吗，夫人？"狱警礼貌地问道。

"是的，长官，"老妇人的口音很奇怪，"我叫米尔德里德·莫洛托夫，来自无名喜鹊组织蒙古分部。"

"无名喜鹊组织？"

"是的。它是一家专门改造坏鸟的俄罗斯慈善机构。我需要从所有犯人里挑选出三名志愿者。"

狱警一脸困惑地看着她。他从来也没有听说过这个名叫"无名喜鹊"的机构，不过他在皇家鸟类重刑犯监狱工作的时间确实不算太久。

"我们这儿确实有几个惯犯，呃……莫……莫洛托夫夫人，"狱警犹犹豫豫地说，"品行不端，您或许可以这么说。我不确定您是否想见它们。"

"女士，是莫洛托夫女士，"老妇人厉声说，"不是夫人。而且我也惯于对付这些品行不端的家伙。"她朝狱警甜甜地笑了一下，"你甚至可以说它们是我的毕生事业。"

"您真觉得会起作用？"狱警有些犹豫，不过，他也想再给犯人们一次机会。

"毫无疑问！"老妇人嚷道，"让我和三只最坏的鸟待五分钟，我保证它们以后再也不会给你惹任何麻烦。"

"那就跟我来吧。"狱警抓起钥匙，"我们去M监区13号牢房，袭击勋爵庄园的匪徒就关在那儿。"他打开第一道大门，沿着走廊慢慢地往里走，"不过我要提醒您，它们真的是一群坏家伙。"

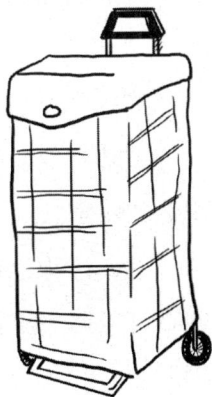

嘎吱——嘎吱——嘎吱——

老妇人拉着吱吱作响的手推车，步履蹒跚地跟在狱警身后。"快点，长官，"她说，"我还有很重要的事儿要做呢。"

狱警赶忙加快了脚步。

嘎吱——嘎吱——嘎吱——

老妇人也加快了步伐，抱怨着："快！我可没时间一直耗在这儿。"

狱警闻言走得越来越快。

嘎吱——嘎吱——嘎吱——

老妇人也跟着加快了步速。"很多地儿要去，很多人要见，"她咕哝着，"冲啊！"

狱警干脆小跑了起来。

嘎吱——嘎吱——嘎吱——

身后的老妇人也跟着跑了起来。

"到了。"终于，他们来到了M监区，狱警气喘吁吁地宣布，然后打开了牢门。

"喳！喳！喳！喳！喳！"空气里立刻充斥了喜鹊们喋喋不休的叫声。

"谢谢你，长官，"老妇人说，"接下来就交给我吧。你现在可以回去工作了。"老妇人摘掉了保温帽，露出别满锋利钢质发夹的灰白头发。

狱警看着她拨弄着发夹，然后取下了其中一只。刺目的灯光下，发夹反射出点点闪光。"恐怕我得随您一起去牢房，"他底气不足地说，"这是规定。"

老妇人沉下脸。"什么？"

狱警挤出一个微笑。"事实上，我还得检查您的手推车。"说着，他弯下腰，"只是例行检查。"

"喳！喳！喳！喳！喳！"喜鹊的叫声变得愈加响亮。

"如果需要的话，请便吧，长官，"老妇人温柔地说，"不过，我们可不希望你跟着。"突然，她的眼神变得恶毒起来，"干掉他，饼干。"

"噢！啊啊啊啊！"手推车里突然冲出一道姜黄色的光。狱警顿时觉得喉

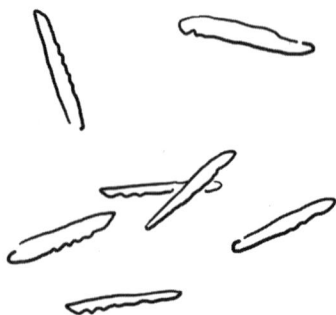

咙仿佛针扎般刺痛。他趔趄着后退，翻倒在地。

"喳！喳！喳！喳！喳！"喜鹊们失去了理智。

合眼前，狱警只记得老妇人手握发夹的身影笼罩在他的头顶，接着胳膊传来一阵刺痛。然后他就失去了知觉，陷入沉睡。

3
神秘的女特工

苏格兰场，首都警察局局长正大发雷霆。"你是说，她就那样堂而皇之地走进监狱，劫走了抢劫勋爵庄园的犯罪团伙？就这样？"说完，一把将文件摔在办公桌上。

"是的，局长，"他的副手回答道，"她用安眠药弄晕了狱警。我们还在附近找到了一只发夹，猜测她很可能是利用发夹给狱警下的药，目前已经将发夹交给鉴证科进行化验。"

"那个狱警现在怎么样了？"

"已经醒过来了，只是一直在说饼干。"

"什么？"局长竖起眉毛问。

"饼干。还有……手推车里蹦出了姜黄色的东西……扑向他。"

"我知道了。"局长挠了挠头，"发夹，"他嘀咕着，"饼干。"局长抬起头看着副手，艰难地咽了口唾沫。"听起来像是克洛

伯的手法。"

"恐怕是的，长官。"副局长不安地点了点头。

"那就意味着要出大事了。"

"看来是这样，长官。"

警察局局长再次抓起标记着"最高机密"字样的文件。"抢劫勋爵庄园的犯罪团伙是谁逮捕的？"局长问。

"伊恩·查达警探，"副局长翻了翻档案，"和他训练有素的警猫，阿拉酷斯·利爪。据档案记载它曾是个小偷，不过后来洗心革面了。哦，我是说那只猫，"他急忙补充道，"不是查达。"

"猫？"局长倒抽了一口凉气，"太完美了！"

"考虑到我们面临的对手，"副局长点了点头，"看起来的确如此，长官。"

"不过，我们可以相信它吗？我是指那只猫，不是查达。"

"我想可以，长官。勋爵庄园的案子处理得十分漂亮，大部分不法分子都绳之以法。除了喜鹊帮的头目，利爪还抓住了作案的第二和第三帮凶。"

"唔……令人敬佩。有查达的资料吗？"

"此人最近被晋升为立托顿镇的警探，"副局长翻阅着档案，"之前在指挥交通，他一直都渴望有朝一日能到苏格兰场工作。"

"好了，现在他的机会来了。"警察局局长做出了决定。

"帮我联络查达，"他命令道，"还有他的警猫。立刻。"

一个小时后，查达警探和阿拉酷斯出现在苏格兰场警察局局长巨大的办公室中，端坐在局长的对面。

"很抱歉打扰你休假，查达，"局长率先开口道歉，"只是事出突然，我们需要你帮忙。"

查达警探简直不敢相信自己的耳朵。他的美梦终于成真了。苏格兰场需要他帮忙？任何假期也比不上这个。此时此刻，他真想绕着局长的办公室狂奔，把家具当成鞍马跳。他想搂着局长的脑袋亲吻他的双颊。不过，鉴于局长的脸色，查达警探觉得最好还是别这么做。

"没关系，长官，"他尽量笑不露齿地回答，"很荣幸能来这里。"

"袭击勋爵庄园的喜鹊帮越狱了。"

"太好了。"查达警探傻笑着答道。

局长目光犀利地盯着他。

"哦，不不不，我是说，天哪！"查达警探急忙纠正，倒吸了一口凉气，"太可怕了。"

"呜呜呜呜……"阿拉酷斯咆哮着。

"这并不是最糟糕的，"局长接着说，"越狱的三名囚犯得到了监狱外部的协助。有人声称自己来自某个名叫'无名喜鹊'的俄罗斯慈善机构，以此骗取了狱警的信任。随后又说服狱警带她去关押喜鹊帮的M监区。最后用浸了安眠药的发夹制服了狱警，带着囚犯逃跑了。"

"太棒了！"查达警探高兴得直搓手。事情变得越来越有意思了，他几乎抑制不住内心的激动。

"你还好吧，查达？"局长厉声说，"你似乎还没认识到事态的严重性。"

"呜呜呜呜……"阿拉酷斯依旧咆哮着。

"我是说，天哪，长官，"查达警探连忙改口，"我对某些坏蛋的所作所为感到震惊。"

"确实如此。"局长不禁觉得那只猫或许比查达警探更有头绪。他暗暗祈祷自己做了正确的决定。"总之，长话短说，劫走了三只喜鹊的嫌疑犯可是警方的'老熟人'。我们认为她要利用那三只喜鹊筹划一些大行动，就在伦敦。"说着，他将文件推过巨大的办公桌。"这儿，看一下这个。"

阿拉酷斯跳上桌子，白色的爪子掀开了文件。

局长仔细地观察着阿拉酷斯。他曾听人说过，虎斑猫十分聪明。显然，这一只看起来确实如此。它棕黑相间的条纹毛发悚然而立，无疑是被通缉犯的照片吓坏了。

查达警探倾身向前，看了一眼照片。

"就是她？"声音里透出掩饰不住的失望。查达警探一直期待能遇上个长相凶狠的女惯犯，可不是这种戴着羊毛帽、穿着超大号雨衣、面相亲切的娇小老妇人。"我这么说您可别介意，长官，"查达警探满不在乎地继续说，"她看起来好像构不成多大威胁。"

"噢，真的吗？"局长失笑道，"不过，国际刑警组织可不是这么想的。过去的二十年间，他们派出了最好的警力也没能抓住她。"

"呃。"查达警探的脸涨成猪肝色。

"她本名叫克洛伯。泽尼亚·克洛伯，曾经在苏联国家安全局供职，是苏联在冷战期间特训的特工。即便是军情六处经验丰富的特工们，这么多年也拿她没办法。"局长顿了一下。

"特工？"查达警探不安地打着哈哈，"您……您确定？"

"不，查达，是我编的，"局长怒喝道，"只管听着！"

"是，长官。"

"当英国与俄罗斯的国际关系转好后，她发现自己失业了，于是就决定转行盗窃。"局长瞥了一眼阿拉酷斯。那只猫亮出了锋利的爪子，紧紧地揪着照片，照片

的边缘眼看就要被撕裂。至少它似乎明白眼下局势到底有多
严峻。

"我们认为近些年来发生的几起最恶劣的抢劫案都该算在
她头上，"局长说，"对她来说似乎没有任何禁忌可言。全世
界所有首都城市的主要珠宝店都被她洗劫过。她所盗窃的珠宝
累计起来价值数百万。"

"可她是怎么做到的呢？"查达警探困惑地问，"她看起
来这么……这么……无辜。"

"她十分擅长伪装，"局长解释说，"她可以伪装成任何
人，从吉卜赛人到电影明星，清洁工、店员或者保安都不在话
下。你或许不相信，她甚至能扮成我。"

查达警探瞟了一眼局长。"我这么说您可别介意啊，长
官，您看起来还真有点像她。"

"我很介意你这么说，你这个笨蛋！"局长大吼道，"她
当然不可能扮成我。我只是举个例子。"

查达警探吞了口唾沫。"我明白了。"

"查达，重点在于，她在这儿。她正在和那些喜鹊筹划某
些行动。你的任务是调查清楚，然后阻止她。"

"是，长官。"

"我们掌握的线索不多。现在只知道克洛伯常用淬了安眠
药的发夹作为武器，这玩意儿既难察觉，又容易得手。她还喜
欢伪装成娇小的老妇人米尔德里德·莫洛托夫。我们只希望她

没有改变作案风格，否则我们一点儿胜算也没有。"局长伸出手，示意阿拉酷斯交还文件。

阿拉酷斯一把将文件推了回去。它的毛发依然根根直立。

"很明显，谁也不知道她会从哪下手，所以我们已经派出了所有的安保人员驻守伦敦的顶级珠宝店，严密警戒，"说着，局长递给查达警探一部步话机，"如果发现任何可疑人员，他们会立即联系你。"

"是，长官。"

"记住，查达。不要被她的外表所蒙蔽。如有必要，你可以调用所有警力。"

"是，长官。"查达警探比画了几下空手道的招式。

"噢，对了，查达，"局长补充说，"还有一件事，我想你和你的警猫需要了解。克洛伯不是单独作案，她还有一个同伙。也正因为如此，你和利爪才是负责这起案件的不二人选。"

"是什么，长官？"

"她的同伙是一只猫。根据各种流传的说法，那是一只相当邪恶的猫，没有人知道它确切的样子。我们也没有照片，唯一的线索就是它的名字。"

"它叫什么，长官？"

"饼干，姜饼干。"

出乎意料地，一直专注聆听局长讲话的阿拉酷斯突然爆发出可怕的吼声。

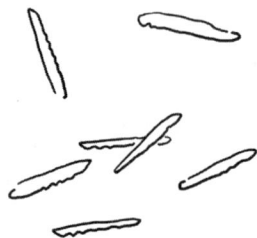

4
珠宝店的意外

回到酒店后，阿拉酷斯爬上床。它需要好好想一想。这么说，阿拉酷斯的宿敌，全世界最卑鄙的猫，姜饼干，还有它的主人克洛伯还在犯案。不仅如此，他们还从皇家鸟类重刑犯监狱劫走了喜鹊吉米和它的手下。

克洛伯、姜饼干和喜鹊吉米？难怪局长会忧心忡忡了！

阿拉酷斯的思绪飘回到过去，那时它还是一只小奶猫。克洛伯吱吱作响的手推车是它最早的记忆之一。阿拉酷斯从来没有，也永远不会忘记那种嘎吱嘎吱的声响。一瞄到那张模糊的照片，阿拉酷斯立刻就认出那就是克洛伯。至于姜饼干的照片，它都不需要看。姜饼干橙色的皮毛已经根植在它的脑海中。虽然局长不了解这些渊源，但是有一件事他说对了——阿拉酷斯确实是处理这起案件的最佳选择。

突然，查达警探猛地冲进房间，耳朵上贴着步话机。

"快走！"他大叫着，"有人看见疑似克洛伯的人正往邦德街的蒂凡尼珠宝店过去。快点，阿拉酷斯，别磨蹭了！"

几分钟后，一辆出租车"吱"的一声停在邦德街的尽头。

车刚停好，查达警探就从车里跳了出来，阿拉酷斯紧随其后。"让我们再重新捋一遍计划，"查达警探一边奔向商店，一边气喘吁吁地说，"我会假装给老婆挑礼物，你在外面严阵以待。一旦确定对方就是克洛伯，我会摇这个。"说着，他从口袋里掏出一包旅行装的姜汁饼干。"收到信号后，你去对付姜饼干，克洛伯就交给我。万一喜鹊们也出现的话，咱俩就用旋转门困住它们。"

阿拉酷斯不觉得这是一个好计划。不过，现在也没有时间再制定一个更好的了。一转眼，查达警探已经跨进了蒂凡尼店。阿拉酷斯急忙跟上，赶在旋转门合上之前挤了进去。好险，它的尾巴差一点就被夹住。幸运的是，门童没有注意到它，阿拉酷斯快步溜过大厅，躲在一棵大型盆栽后面。

它探头探脑地张望，可惜除了顾客的脚，它什么也看不见。于是，阿拉酷斯小心翼翼地爬上树干，藏在树叶间，为了获得更好的视野，它轻轻地扒开了眼前的枝叶。

蒂凡尼珠宝店的装潢非常奢华。厚厚的地毯，价格不菲的墙纸，还有轻柔的背景音乐充斥着整间店铺。钢化玻璃展柜里陈列的昂贵首饰闪烁着夺目的光彩。这儿确实是克洛伯和姜饼干会下手的那种地方。

阿拉酷斯竖起耳朵，仔细地听了一会儿，它试图捕捉泽尼亚·克洛伯的手推车发出的嘎吱嘎吱的声响，但是入耳的只有叮叮当当的背景音乐。克洛伯不在这儿，看起来也没有要出现的迹象。他们或许也回酒店了吧。

查达警探此时正在店面中央的展柜旁闲逛。

"喵。"阿拉酷斯轻声地叫唤，试图吸引他的注意。

不过，查达警探似乎没有听见。"我和妻子的周年纪念日马上就要到了，"他大声地对店员说，"我想看看店里最贵的钻石戒指。"

"您觉得这枚怎么样，先生？"

店员打开展柜的柜锁，取出一枚光彩夺目的戒指，放在黑色的天鹅绒托盘上呈给查达警探。

"它可真漂亮，"查达警探感叹道，"这卖多少钱？"

"喵！！"阿拉酷斯提高嗓门，试图压过背景音乐。

"五万英镑，先生。"店员回答。

"您妻子可真有福气！"说这话的是一位上了年纪的女士，她戴着一顶羊毛帽，穿着一件长雨衣，站在距离查达警探几英尺外的地方试戴手表，说完还朝查达警探莞尔一笑。

阿拉酷斯僵直了身体。那位女士的脖子上围着一块亮橘色的毛皮。哦不！阿拉酷斯突然意识到，有些情况查达警探并不了解——当泽尼亚·克洛伯和姜饼干准备作案时，泽尼亚总是把姜饼干装在手推车里，可不是围在脖子上！阿拉酷斯倒吸了口凉气。它有不好的预感，查达警探即将犯下一个可怕的错误。

"喵！喵！！喵！！！喵！！！！"

查达警探缓缓地靠近那位老妇人。"我买了。"他对店员说。然后从口袋里掏出一包旅行装姜汁饼干，举到空中挥了挥。

信号！躲在树叶里的阿拉酷斯不安地扭动着。

"一定会是个非常特别的周年纪念日。"那位老妇人说。

"当然！"查达警探焦急地四下寻找阿拉酷斯。

"我可怜的老伴儿去世时，我已经嫁给他57年了。"老妇人抽出手帕，大声地擤了擤鼻子。

查达警探又挥了挥手里的姜汁饼干。

阿拉酷斯没理他。

"那好吧，我自个儿来。"查达警探小声嘀咕着。他一步跨到老妇人面前，大喊道："别动，克洛伯！"

整间蒂凡尼陷入一片寂静，所有人都盯着查达警探。

"不好意思，请您再说一遍！"老妇人好像吓了一跳。

"我说别动，克洛伯，莫洛托夫，随便你叫什么名字！别以为你能用这种拙劣的伪装蒙骗我！快把那只令人生厌的猫从脖子上取下来。"

阿拉酷斯觉得无地自容。

"这是一只狐狸！"老妇人抓着脖子上围着的毛皮，不敢置信地说。

"可不是嘛，我还是'雷迪嘎嘎'呢。"查达警探抓住那块毛皮，拉了几下，然后一把扯下来，用胳肢窝夹住。"阿拉酷斯！"他嘟哝着，"我抓住姜饼干了！"

阿拉酷斯蜷缩在树叶里，不吭声。其他顾客惊愕地旁观着眼前的一切。

"好吧，阿拉酷斯，"查达警探喘着粗气说，"随你便，如果你不帮忙，那我就连姜饼干一并收拾了。"他拎着狐狸毛皮的尾巴，"嗖嗖"地甩着，然后一把塞进敞开的首饰展柜里。"快锁上！"查达警探冲受了惊吓的店员喊道，"它是一个罪大恶极的坏蛋。"

店员照着警探说的，锁上了展柜。

"现在轮到你了，克洛伯。"查达警探打算一把擒住老妇人。

"你疯了吧！"她有气无力地说，"救命！快来人啊！快报警！快打电话给警察局局长！"

有顾客用手机拨通了报警电话。

"这主意不错，克洛伯！"查达警探一把将老妇人扑倒在地，"不过我就是警察，局长亲口告诉我不要相信你。"查达警探一个"夹臂"锁住了老妇人。

"我已经82岁了！"老妇人疼得抽了一口凉气。

"不要企图用任何悲惨的故事骗取我的同情！"查达警探用膝盖顶着老妇人的后背，"曾经是苏联国家安全局的特工，就永远都是。"说着，他抽出了手铐。

"我才不是苏联国家安全局的特工，"老妇人哭着说，"我有五个孙儿，原来是护士。"

"留着对法官说吧，"查达警探嚷着，"趁他没判处你之前。"

这时，店外传来尖利的警报声，一同跑进来的还有警察局局长。

查达警探抬起头。"我抓住克洛伯了，长官，"他上气不接下气地说，"不得不承认您说得对。她是我所遭遇过的最恐怖的罪犯，也是最丑的！她要是做个鬼脸，镜子都得裂开。"

"查——达！"局长的脸涨成绛紫色，咬牙切齿地吼道，"你对我妈妈做了什么？"

"您……"查达警探低头看了看老妇人，又抬头看了看局长，低头打量了几眼。他俩确实都长着甲虫般的眉毛和滑稽的小胡子。"哎呀！"查达警探惊叫道。

阿拉酷斯抬起爪子遮住眼睛，又忍不住透过指缝偷偷向外张望。

"你被调离这起案件了，查达！"局长怒吼道，"我会建议你的上级安排你去指挥交通，退休之前别指望别的了！我们走，妈妈。"

老妇人跟着局长一跛一跛地走了出去。警报声渐行渐远。阿拉酷斯正打算趁查达警探还没注意到自己时赶快跳下盆栽，就在这时，它听见了某个熟悉的声音。

嘎吱——嘎吱——嘎吱——

阿拉酷斯完好无损的那只耳朵"噌"的一下竖了起来。

嘎吱——嘎吱——嘎吱——

另一只残耳也闻声而立。

一位戴着羊毛帽、穿着长雨衣的老妇人拉着手推车穿过旋转门，径直走到中央展柜旁。阿拉酷斯瞪大了绿色的双眸。泽尼亚·克洛伯，或者叫米尔德里德·莫洛托夫。这一次真的是她！她是奔着那枚戒指去的！那枚戒指还放在展柜上的天鹅绒托盘里，店员忘记把它收起来。

克洛伯迅速地环顾了一下四周，然后伸手打开了手推车。一道姜黄色的闪光一跃而出。

姜饼干！阿拉酷斯以前所未有的速度狂奔起来，就算在它的大盗生涯中，它也从来没有这么迅速过。电光石火间，阿拉酷斯跳上了展柜，用牙齿衔起了戒指。

一瞬间，两只猫目光交错。

"利爪！"姜饼干嘶吼着。

"姜饼干！"阿拉酷斯也不甘示弱。（其实那声音更像是"煎饼干"，因为它得小心，不能

把嘴张得太大，否则戒指就掉下来了。）

不巧的是，这举动刚好被店员看见。"小偷！"她尖叫出声。

姜饼干随即钻回了手推车。

嘎吱——嘎吱——嘎吱——

泽尼亚·克洛伯拉着手推车，穿过旋转门，离开了珠宝店。

阿拉酷斯无助地四下张望。珠宝店里的人无一例外都紧盯着它。

"这叫什么事儿啊……"查达警探终于从震惊中恢复过来。

阿拉酷斯耷拉下那只残耳朵，心里暗想着，这下子我可惹出麻烦来了！

5
酝酿中的犯罪

"我真没料到!"

泰晤士河，一艘驳船的船舱中，泽尼亚·克洛伯正在烛光下享用着烧红菜头。"我没想到还能再次见到阿拉酷斯，"她温柔地问，"你呢，姜饼干？"

蹲在她身旁的姜饼干正将发夹浸在一个绿色的大瓶子里，仔细看，瓶身上标记着"安眠药"的字样。听到克洛伯的询问，姜饼干报以愤怒的嘶嘶声。

"我可不这么想。"泽尼亚慈爱地抚摸着她的恶猫，小心地避开它脖子上嵌满铆钉的金属项圈。姜饼干有个嗜好，它喜欢趁泽尼亚不注意的时候，把项圈扔进安眠药里浸一下。一想到这儿，她勾起嘴角笑了笑。姜饼干真是个名副其实的无情恶魔。"只可惜上次来伦敦的时候，你打算杀了它，"她叹了口气，接着说，"你俩曾是那么完美的搭档。"

"呜呜呜呜……"姜饼干咆哮着，扔下发夹，沿着沙发退了几步。它恶狠狠地瞪了泽尼亚一眼，然后举起一只爪子，一根接一根地亮出自己像针一样锐利的指甲：嘭！嘭！嘭！嘭！烛光下，锋利的指尖闪闪发光。

"没有必要吃醋。"泽尼亚捧起一本厚厚的书。

嘶嘶嘶嘶嘶嘶。

姜饼干一挥爪子，书本应声落地。

"阿拉酷斯不会给我们惹麻烦的，它也做不到。"泽尼亚·克洛伯伸出手又摸了摸姜饼干。"因为它做不到像你我这般无情。不过，"她若有所思地接着说，"今天它在蒂凡尼店里的举动还是挺让我吃惊的。"克洛伯眉头一皱。"我很好奇它最近都在忙些什么。我以为它已经金盆洗手了呢。"

"呜呜呜呜。"姜饼干猛挠了一通垫子，塞在里面的棉絮飞得到处都是。

泽尼亚·克洛伯叹了口气，姜饼干在闹脾气。"老实说，姜饼干，我知道你在为那颗钻石不甘心，"她严肃地说，"我也一样。但是你要学会控制自己的情绪。"克洛伯伸手翻了翻长雨衣的口袋，掏出一只死老鼠。驳船边的泥泞河岸滋养了大量的老鼠。至少，在姜饼干到这里之前是这样的。现在只剩这一只老鼠了，她一直留着以备不时之需。"往好处想，

可以吗？眼下，警方以为我们又要打劫大型珠宝店了。这就是
为什么那个名叫查达的蠢条子今天会出现在蒂凡尼。可是他们
根本就不清楚我们的真正目的。给！"说着，她把老鼠抛到空
中。

姜饼干绷紧肌肉，一跃而起，一口咬住老鼠。咔嚓！姜饼
干略嚼了嚼，"咕咚"一声连皮带肉一口吞进肚子，然后撇了
撇嘴，吐出一摊绿色的黏稠物，正是那只老鼠的胃，也是它唯
一没吃的东西。姜饼干闷闷不乐地舔了舔嘴唇，蹑手蹑脚地爬
回到泽尼亚身边。

"这还差不多，"克洛伯抚摸着它的尾巴说道，"眼下
还不用考虑阿拉酷斯。是时候让喜鹊帮加入我们的计划了，我
要去商店买一些羽毛染料，帮它们再完善一下伪装。"说完，
她打开舱门。"噢，对了，姜饼干，"克洛伯转过头，提醒道，
"可别把它们吃了，"她咧开嘴笑着说，"现在还不是时候。"

克洛伯一走，姜饼干就跳下沙发，踩着猫步走到船尾。它
拉开挂帘，露出卧舱。姜饼干淡蓝色的眼睛缓缓地扫过藏在里
面的喜鹊，其中五只睡得正香，它们的老大耐心地坐在一旁玩
着一把旧纸牌。对于一只鸟而言，它看着还像是有头脑的，姜
饼干暗自寻思着。"叫醒它们，"姜饼干命令说，"泽尼亚说
是时候给你们讲讲计划了。"

"没问题。"喜鹊吉米扔下手里的黑桃A。

　　姜饼干看着它绕到其他喜鹊身边，啄着它们的脑袋把它们一一叫醒。其中一只胖胖的喜鹊一直没有醒过来，于是吉米朝着对方的屁股狠狠地来了一脚。

　　"喳！喳！喳！喳！喳！"被踢的喜鹊惊叫着醒过来。

　　"快起床，恶棍，否则我就让那只猫拔光你的毛，再架在蜡烛上烤熟。"吉米没好气地嚷着。

　　姜饼干越发地赞赏起喜鹊吉米。因为它不仅聪明，还很刻薄。

　　"千万别是姜黄色的那只，吉米！"恶棍哑着嗓子叫道，"它太恐怖了。比阿拉酷斯·利爪还可怕！啊啊啊啊！"

　　姜饼干猛地朝它扑去。"跟我说说，关于利爪你都知道些什么。"

　　"快告诉它，老大，"恶棍嘎嘎地叫着，"它正掐着我的脖子呢。"

　　"利爪出卖了我们，"吉米说，"我们把它从蒙特卡洛市雇来，派它去立托顿镇为我们偷点东西。怎么了？它是你的朋友？"

　　"嗷嗷嗷！啊啊啊啊！"

　　掐着恶棍喉咙的爪子，不自觉地紧了紧。"它不是我的朋友，"姜饼干低吼着，"接着说。"

　　"等利爪和当地的条子还有他的家人混熟后，"吉米接着说，"就反悔了，它不想再偷东西。于是私自决定把偷来的东西物归原主！"说到这里，吉米的小尖嘴厌恶地抽动着。"当我们着手偷勋爵夫妇的头冠时，它又设计逮捕了我们。这就是我们被投进大牢的原因，一切都是拜利爪所赐。"

"我也听说了。"姜饼干掐着恶棍的脖子，坐回原位，它抬起另一只爪子搔了搔耳朵。"那么，今天利爪为什么会在蒂凡尼店里偷钻石戒指呢？"

"你确定它在偷戒指？"吉米一针见血地问。

"相当确定，"姜饼干不满地嚷着，"那个条子也在。我们一离开，他就逮捕了利爪。"

"你的意思是利爪又重拾老本行了？"大胃问。

"不可能，"柴刀倒吸了一口气，"怎么可能！"

"那么，利爪跟你又有什么过节呢？"喜鹊吉米仔细地观察着姜饼干的表情。

"它的本事都是我教的，"姜饼干嘶嘶地说，"只不过，最重要的一课它却没有上。"

"是什么？"吉米催促它继续说下去。

"杀戮。"

"啊啊啊嘎嘎嘎！"恶棍仍旧无力地拍打着翅膀。

"有天晚上，我们预备在肯辛顿下手。"姜饼干若有所思地凝视着空气，回忆起过去的时光，"目标是一幢很豪华的房子，里面有许多值钱的物件。不过，屋主养了一只鹦鹉。我告诉利爪去把它干掉。可是，它却下不了手。突然，那只鹦鹉大声叫起来，左邻右舍都被吵醒了。"因为情绪激动，姜饼干的毛发形成了波纹。"它险些害得我们都被抓。"

"后来呢？"

"它逃走了。"

"留下了一块耳朵？"吉米猜测道。

"是的。"姜饼干得意地笑着，"是被我咬掉的。"

恶棍猛地抽了一下，不动了。姜饼干终于松开了爪子。

"它死了？"贪吃鬼问。

恶棍一动不动地躺在地上。

"看着像。"大胃蹦上恶棍的肚子，像玩蹦床一样跳上跳下。

"嘿，让我试试。"说着，傻蛋也跳了上去。

姜饼干一挥爪子，把它俩赶了下去，大喝道："它最好别死，我们需要你们六个。活着的你！"它指着柴刀，"去找点虫子来。"

柴刀从垫子下面拖出一个塑料口袋。

"倒出来。"

大胃、傻蛋和贪吃鬼扇动翅膀，飞过去帮柴刀。它们拎起袋子的一头，把里面装着的东西倒在恶棍身上。一大堆不停蠕动的褐色小虫瞬间就掩埋了恶棍。

刚开始是微弱的叹息，然后是哼哼唧唧的呻吟，最后是一阵让人头皮发麻的吸吮声。恶棍坐起身，小尖嘴不断地吧唧着，紧闭着双眼，一脸幸福地说："我肯定是死了，上了天堂！虫子天堂！"它低声地嘀咕着。

"不，你还没死。"说完，吉米给了它一巴掌，然后转向姜饼干。"那么，来谈谈计划吧？"

喜鹊们歪着头，瞪着豆子一样的眼睛盯着姜饼干。

"我们要制造史上最大的盗窃案。"姜饼干对着喜鹊们大放厥词，"我们要创造历史。我们要让这个国家的蠢条子们听到我们的名字就闻风丧胆。我们要得到全世界最贵重、最值钱的东西。"

"王……王冠？"吉米试探着问道。

姜饼干点点头。"我们要拥有一切。"

"喳！喳！喳！喳！喳！"喜鹊们立即躁动地尖叫起来。

吉米用眼神示意它们安静。"就凭六只喜鹊，还有你和克洛伯？怎么搞？"

"监守自盗，"姜饼干神情狡黠地说，"这就是为什么要找你们几个的原因。现在竖起耳朵给我仔细听清楚了，我来告诉你们究竟要做些什么。"

6
初到伦敦塔

第二天清晨，查达一家在下榻的酒店吃了早餐。阿拉酷斯坐在一把特制的高椅上，享用着它最喜欢的铝箔装肉块，高椅附带的托盘让它吃得更顺手。虽然托盘本身有点幼稚，像小孩才会用的东西，不过它并不是太介意。比起孤零零地趴在地板上，阿拉酷斯更喜欢同查达一家围坐在桌子旁一起吃饭。真希望回到立托顿后，也能有一把这样的椅子，阿拉酷斯暗自盘算着。

"我告诉你，当时它正要偷那枚戒指！"查达警探用叉子指着高椅的方向说。

阿拉酷斯垂下一只耳朵。它似乎无法让查达警探明白，当时它并不是在偷戒指，而是在保护戒指，不让泽尼亚·克洛伯和姜饼干偷走啊。

"胡说八道！"查达夫人毫不迟疑地反驳。

"阿拉酷斯不会做那样的事，爸爸。"凯莉皱着小脸抗议道。

"它现在已经不是猫大盗了。"迈克尔也皱着眉表示不满，"它可是一只警猫。"

"它不是，再也不是了，我要收回它的警徽。"查达警探说着，俯身越过餐桌，一把扯下了别在阿拉酷斯红围巾上的警徽，塞进口袋里。

阿拉酷斯耷拉下另一只残耳。

"爸爸，你太残忍了！"迈克尔叫着。

"你怎么能这么武断！"凯莉喊道。

"可怜的阿拉酷斯，"查达夫人责备丈夫，"你毁了它的好心情。看哪！它都没胃口了。"

阿拉酷斯闷闷不乐地盯着面前的肉块，一点也不觉得饿。

"得让它振作起来。"凯莉说。

"得让它振作起来！"查达警探捏着嗓子学着女儿说话，"那我呢？有人为我考虑过吗？退休前我都得去指挥交通了。"

"那也不是阿拉酷斯的错啊，"迈克尔说，"和局长母亲动手的又不是它。"

"我当时不知道那就是警察局局长的母亲！"查达警探大声嚷道，"我以为她是泽尼亚·克洛伯。"

"阿拉酷斯肯定已经认出她不是克洛伯了，"查达夫人说，"所以才没理会那条狐狸围脖。"

"它没理会那条狐狸围脖是因为它正忙着偷戒指！"查达警探不满地反驳道。

阿拉酷斯弱弱地"喵"了一声。

"不，"查达夫人望着阿拉酷斯的眼睛说，"我真的不相信它会做那样的事。你知道那人不是克洛伯，对不对，阿拉酷斯？"

阿拉酷斯突然感觉又有了些许胃口。至少还有人相信它，它的喉咙开始呼噜作响。

"快听，妈妈，"迈克尔说，"它打呼噜呢！一定是让你说中了。"

"那么，让我们好好想一想……"查达夫人从自己的盘子里夹了一块煎得香脆的培根给阿拉酷斯，"阿拉酷斯怎么知道她不是泽尼亚·克洛伯的？"

"是不是因为局长给它看了照片？"迈克尔问。

"那张照片很模糊，"查达警探故意刁难道，"认成任何老婆子都有可能。所以我告诉你那看起来和警察局局长的母亲根本就是一个人。"

"唔，那就不是因为照片，"查达夫人又给阿拉酷斯夹了一截香肠，嘀咕着，"那是因为什么呢？"

阿拉酷斯又弱弱地"喵"了一声。

"也许，它之前见过泽尼亚·克洛伯呢。"凯莉随口说。

阿拉酷斯"噌"的一下竖起耳朵。

"也许，它知道她的真实身份。"迈克尔说。

阿拉酷斯不自觉地抽动着胡须。

两个孩子兴奋地看着彼此，他们想到一块儿去了。

泽尼亚·克洛伯是个贼，阿拉酷斯过去也是。"也许阿拉酷斯曾为泽尼亚·克洛伯卖过命！"两个孩子异口同声地说。

阿拉酷斯的咕噜声仿佛一台正在行驶的拖拉机。哇，全中！

"胡说！"查达警探抓起餐巾，胡乱地擦了擦嘴，"泽尼亚·克洛伯是善于伪装的女贼，恶名远播。而阿拉酷斯不过是只虎斑猫，只是碰巧喜欢偷一些亮闪闪的东西，就像那些坏喜鹊一样。"

"但是，爸爸……"两个孩子试图反驳。

查达夫人将手指放在嘴唇上，示意他俩别再作声，然后朝阿拉酷斯眨了眨眼。"我们以后再谈。"

阿拉酷斯的咕噜声变得更加低沉。她也觉得孩子们说得对！

查达警探站起身。"今天我们有什么安排？"

"今天要游览伦敦塔。"查达夫人回答。"来吧，阿拉酷斯，"她移开托盘，一把抱起阿拉酷斯，"我们去看王冠喽。"

阿拉酷斯以前听说过王冠，但是却从未亲眼见过。迈克尔抱着它下了地铁，走出昏暗的地下车站，温暖的阳光让阿拉酷斯感到一阵雀跃。它凝视着矗立在眼前的伦敦塔，目瞪口呆，此前，它还从未见过任何类似的建筑，实在是太宏伟了！厚重的石墙托起圆塔，直插云霄，宽阔、空旷的护城河环抱着伦敦塔。巨大的方形建筑坐落在正中央，四角建有威严的塔楼。

"箭孔！"迈克尔指着塔身上均匀分布的黑色小窗口嚷道。

"中间的那个是白塔，"查达夫人翻着旅游指南说，"上面说这里曾经是拷问犯人的地方。"

"走吧，我们去逛一逛！"迈克尔把阿拉酷斯放在地上，"我打赌那儿一定有好多鬼故事。"

说完，他们顺着护城河往售票处走去，阿拉酷斯注意到，距离售票口的不远处有一排旧商店。

伦敦塔窖

阿拉酷斯抽了抽鼻子，空气中充斥着炸鱼和薯条的气味。但愿一会儿能去那儿，它心想。

"快跟上！"查达夫人走在最前面，率先进入了伦敦塔。

"他们是干吗的？"凯莉停下脚步。顺着她的目光，只见吊桥边站着两个男人，他们穿着及膝的深蓝色制服，制服上镶着红边，头上戴着同款的帽子。

"他们是伦敦塔卫兵，"迈克尔说，"也叫'吃牛肉的人'①，我们在学校学过。"

吃牛肉的人！阿拉酷斯立刻竖起耳朵。又是一个它从没听过的人类词汇，真有趣。阿拉酷斯很好奇猫是不是也可以做伦敦塔卫兵。它倒是挺喜欢吃牛肉的，或许它能做个称职的志愿兵。

"过去他们要看守塔内的囚犯，"查达夫人一字一句地念着旅游指南，"现在则负责照管王冠，带游客参观。指南上还说这里的卫兵都是退役士兵。"

查达警探瞄了阿拉酷斯一眼，低声说："所以你可别妄想能从这儿偷走任何东西。"

"你们想先看什么呢？"查达夫人问，"渡鸦还是王冠？"

渡鸦？阿拉酷斯一脸迷茫。

凯莉也一样。"渡鸦？他们为什么要在伦敦塔里养渡鸦？"

就在这时，其中一位卫兵走过来，开口为他们解释说："伦敦塔有一个传说，一旦渡鸦们离开这里，白塔就会倒掉，那么女王的统治也会随之结束。"

---

①英文Beefeater，中世纪时，伦敦塔护卫队成员每天可获得24磅（1磅约0.45公斤）牛肉、18磅羊肉的配给，在物资匮乏的年代可算是"高薪"，所以英国人戏称他们是"吃牛肉的人"。

"什么，您的意思是我们就再也不会有女王了？"迈克尔不敢置信地问。

"完全正确。"卫兵打量着阿拉酷斯，"如果渡鸦们都飞走了，灾难就会降临到女王陛下和皇室其他成员身上。一切就都结束了。完蛋了，拜拜了。"

"简直是一派胡言！"查达警探大笑着说。

卫兵瞪了他一眼。"女王陛下可不这么想。为此女王陛下还册封了一位渡鸦大臣，专门照管这些渡鸦。"他清了清嗓子接着说，"罗恩和他的朋友们。"

"能让我们见见吗？"凯莉问。

"你们可以。"卫兵的眼睛一直盯着阿拉酷斯，"不过最好别带着猫。"他说，"至于原因嘛，显而易见。"

"阿拉酷斯不会吃了它们的，"迈克尔央求道，"它才刚吃过早饭。"

"唔。"卫兵一脸迟疑的表情，"嗯，那好吧，不过如果你们不想它被以叛国罪处死的话，就让它离我们的渡鸦远点儿。"

阿拉酷斯深吸了一口气，这话儿听起来让它觉得不太舒服啊。

7

塔顶相遇

查达一家沿着吊桥穿过铁闸门，踏上一条鹅卵石小路。"这里过去曾是店铺，"查达夫人翻着旅游指南说，"当时物资就沿着泰晤士河运到这里。"

路的右手边有一道沉重的铁门。查达警探走过去，趴在门上，透过格栅向外望。"快过来看一眼，孩子们。这儿能看见泰晤士河，下面还有几级台阶。"

"耶！"迈克尔踮起脚尖，"来，阿拉酷斯，你想看看吗？"

迈克尔抱起阿拉酷斯。透过门上的格栅，它看见湿滑的台阶下河水已经退去，露出泥泞的河床。一条老旧的驳船泊在上面，虽然保存得不是很好，但看起来像是个船屋。脏兮兮的窗帘遮住了舷窗，甲板上堆放着枯死的盆栽植物。阿拉酷斯不由得打了个冷战。它讨厌住在那种地方，那儿很可能混迹了成千上万的老鼠。阿拉酷斯"喵"了一声，挣脱了迈克尔的手。

"我觉得看渡鸦得走这条路。"说完，查达夫人拐进左手边的拱门。"走吧。"其他人也紧随其后。

阿拉酷斯走在队伍的最后。高大的塔墙让它感觉自己十分渺小。拱门的另一边立着一块指示牌，它瞥了一眼，上面写着：

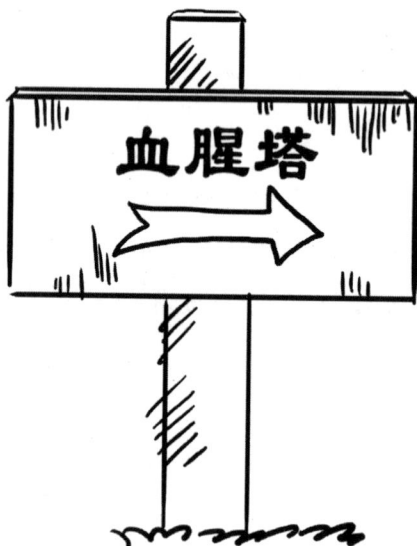

阿拉酷斯缩了缩脖子。好可怕的名字！这地方让它觉得毛骨悚然。

"来啊，阿拉酷斯，快点！"迈克尔回头喊它。

阿拉酷斯赶忙追上孩子们，它可不想落在后面。

"它们在那儿。"查达夫人透过台阶对面古墙上的格子窗嚷道。

白塔前的草坪上坐落着一个巨大的金属围栏，里面的渡鸦正悠闲地晒着日光浴。紧挨着围栏，还有一处小木屋。

"这边走。"查达夫人又一次率先迈开了步子。

阿拉酷斯兴奋地跟在她身后，一边在心里合计着，到底还要多久才能吃午饭。

"那儿是格林塔，过去是用来砍头的地方。"手一挥，指尖越过白塔后面的巨大庭院，查达夫人指着一处说，"那儿是珍宝馆。"接着他们右转，查达夫人又开口道："那儿是军械库。"

阿拉酷斯感觉自己有点迷糊。通常情况下，它不费吹灰之力就能找到路，但是这个地方实在是令人晕头转向！

"还有咖啡馆！"

阿拉酷斯"喵"了一声。它直勾勾地盯着咖啡馆的大门，心想：难道他们就不能暂时停下来吃点沙丁鱼吗？

"我们到了！"查达夫人又循原路折回了草坪。

"快跟上，阿拉酷斯。"查达警探语气不善地朝它嚷着。

阿拉酷斯暗下决心，哼！它讨厌观光旅游。

终于，查达一家走到了渡鸦的围栏跟前，凯莉望着那群长相乖戾的黑鸟，忍不住小声说："它们长得可真难看！"

"哑哑哑！"其中一只嘶哑着嗓子叫着。

"有点像喜鹊，"迈克尔皱着眉，"只不过大了一点儿。"

"它们属于同一个鸟系。"旁边的小木屋里走出一位身材高大的卫兵，鼻头红红的，手里捧着一杯茶，杯子上写着"罗恩"两个字。"都是鸦属鸟类，其中包括乌鸦、白嘴鸦、寒鸦、橿鸟、喜鹊和渡鸦。"

阿拉酷斯龇着牙，它讨厌乌鸦和喜鹊。虽然它没听说过白嘴鸦、寒鸦和橿鸟，不过就它现在看来，渡鸦也好不到哪儿去。

"它们都非常聪明，"渡鸦大臣说，"被认为是地球上最聪明的物种之一，当然，如果不算人类的话。"

"还有猫呢。"阿拉酷斯低吼着为自己鸣不平，当然啦，没人能听懂它在说什么。

"我们已经见识过喜鹊有多聪明了。"凯莉说。

"勋爵庄园的喜鹊帮就是我们逮住的。"迈克尔自豪地解释道。

"啊，就是你们呀，哦，我认出你们的猫了。"渡鸦大臣眯着眼睛打量着阿拉酷斯。"报纸曾报道过勋爵庄园的事儿。"他轻声地笑着，指着渡鸦说，"我给它们讲过。它们听了好像挺开心的，上蹿下跳地叫个不停。我想它们也不是很喜欢喜鹊吧。"

至少在这点上我们还能达成点儿共识！阿拉酷斯心想。

"你们想看我给它们喂食吗？"渡鸦大臣走进小木屋，出来时手上多了一只大碗，他把碗伸到孩子们面前。

"呃……"凯莉的小脸皱成一团。

"这是浸了血的碎肉和鸟饼干，"渡鸦大臣开心地说。

"它们每天要吃六盎司^①，每周还要加一个鸡蛋和一只兔子。渡鸦可喜欢吃兔子了，它们最享受给兔子剥皮时的快感了。"

"听起来真让人接受不了。"查达警探说。

渡鸦大臣耸了耸肩。"子非鱼，焉知鱼之乐。"

凯莉抬手点了点眼前的渡鸦。"为什么只有六只？"

"六是个充满魔力的数字，"渡鸦大臣解释说，"一旦渡鸦少于六只，女王的统治就会结束。一般情况下，我们会多养两只有备无患，不过因为这周要打禽流感防疫针，今早有两只被兽医带去注射疫苗了。"

"您曾经把它们放出来过吗？"迈克尔问。

"大多数日子里，它们都待在外面，"渡鸦大臣说，"它们的翅膀被剪断了，所以飞不远。我刚说过，这周要打防疫针，所以得把它们关在笼子里以方便兽医抓。"

"您相信那个传说吗？"查达夫人问，"听说如果伦敦塔的渡鸦飞走了，女王的统治就会结束？"

"我当然相信啦！"渡鸦大臣直起身，行了个军礼。"我的工作对于整个国家而言都起着至关重要的作用。如果这些渡鸦不见了任何一只的话，都会威胁到女王的统治。"

"有的卫兵担心阿拉酷斯会吃了它们。"凯莉说。

阿拉酷斯吞了一口唾沫。吃掉它们？谢谢，不必了。

"我可不会给它机会的，"渡鸦大臣咯咯地笑着，"而且我觉得它也没那个本事。我养的这些鸟儿可是很凶猛的。也许

---

① 1盎司约28.35克。

情况可能恰好相反，成为盘中餐的搞不好会是阿拉酷斯。它们或许会觉得它是只肥美的大兔子。"

阿拉酷斯往后退了退。渡鸦大臣的眼神让它觉得不太舒服。

"哑！哑！哑！"

也许是渡鸦的关系吧。

"说到吃的，"渡鸦大臣接着说，"我的午餐时间到了。"他拉开小木屋的门，一脚跨进屋子，然后转过头朝孩子们眨了眨眼睛，"我一会儿就回来，到时候再给你们讲几个鬼故事。"

"世界上根本就没有鬼。"查达警探不屑一顾地哼了一声。

罗恩挑了挑眉毛。"要是你能独自在这儿待一个晚上，我很乐意听你这么说！"说完，他关上了门。

阿拉酷斯跟着查达一家人，穿过草坪朝咖啡馆的方向走去。筋疲力尽的它只想赶快回到酒店，爬上舒服的大床好好睡一觉。

"你和阿拉酷斯在外面等着，"查达夫人嘱咐丈夫，"我们进去买三明治。"说完她就领着迈克尔和凯莉一起走进了咖啡馆。

阿拉酷斯瘫在长椅上。暖暖的阳光可真舒服啊，唔，好想睡。

查达警探翻开旅游指南，读了起来。

嘎吱——嘎吱——嘎吱——

这不可能！阿拉酷斯抖了抖耳朵。它摇了摇头。不可能！它肯定是幻听了。

嘎吱——嘎吱——嘎吱——

又来了！一瞬间，阿拉酷斯的瞌睡跑得精光。它没有幻听！这是手推车发出的嘎吱声，泽尼亚·克洛伯和姜饼干就在附近。

阿拉酷斯不安地环顾四周。嘎吱——嘎吱——嘎吱——

慢着！她在那儿！

只见一位妇人正缓缓地穿过草坪，朝渡鸦们走去，她穿着绿色的棉质束腰外套，下身搭配同款裤子。身后的手推车"嘎吱嘎吱"地响个不停。是克洛伯！

阿拉酷斯一个鲤鱼打挺，从椅子上蹦了起来。

"你去哪儿？"查达警探望着它的背影喊道。

阿拉酷斯充耳不闻，急匆匆地穿过成群结队的游客。

"快回来！"查达警探跳了起来。

嘎吱——嘎吱——嘎吱——

阿拉酷斯一闪身躲进了草丛。

"听见我说什么了吗？快回来！"查达警探也跟着它钻进了草丛。

现在，阿拉酷斯能更清楚地看到克洛伯。此刻，她就站在几步之外。阿拉酷斯奋力猛蹬后腿。砰！不堪重负的手推车颤悠悠地歪了歪。

"喳！喳！喳！喳！喳！"

"嘶！嘶！嘶！嘶！嘶！"

阿拉酷斯紧抓着手推车不撒手。喜鹊们就藏在里面，还有姜饼干。

阿拉酷斯的出现让泽尼亚·克洛伯感到十分惊讶，她瞪大了眼睛咒骂道："又是你！"她一边说着，一边抬手摸索假发。

阿拉酷斯吞了口唾沫。她在摸发卡！眼下它别无选择，唯一的出路只有战斗。阿拉酷斯鼓起勇气，抖了抖皮毛，摆好架势准备扑上去。

"给我过来！"姗姗来迟的查达警探一把抓起阿拉酷斯。

"喵！"阿拉酷斯扯着脖子哀嚎着。

"真是太对不起了，"查达警探连忙道歉，"我的猫太淘气了。"

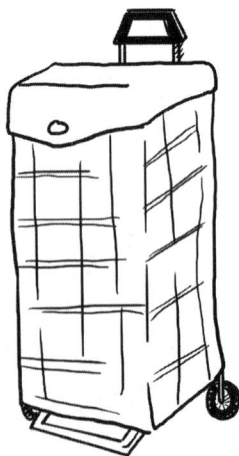

泽尼亚·克洛伯轻轻地拍了拍假发。"没关系，"她看着阿拉酷斯说，"我是名兽医，见惯了各种各样的动物。我想它是来打招呼的吧。是不是啊，小猫咪？"说完，她伸出一只手摸了摸阿拉酷斯。

兽医！是她的新伪装吗？阿拉酷斯左躲右闪避开她粗糙的手指，它挣扎着想摆脱查达警探的束缚。不过，那只手还是不停朝它伸过来。阿拉酷斯抬起爪子，不客气地挥了一下。

"阿拉酷斯！"查达警探吼着，胳膊像老虎钳一样把它紧紧地夹在腋下，连忙解释说，"它平时不这样。"

泽尼亚·克洛伯朝阿拉酷斯眨了眨眼。"或许您该考虑放开它？"她游说着查达警探，"我想我应付得了。"

阿拉酷斯"嘶嘶"地叫着，一只爪子不停地挥舞着。

"怎么了，出什么事了？"查达夫人带着凯莉和迈克尔跑了过来。

"阿拉酷斯抓伤了这位兽医！"查达警探一边同阿拉酷斯扭打着，一边回答。

"哦，天哪！"查达夫人惊呼一声。克洛伯的伤口适时地渗出了一滴血珠。"快！我包里有纸巾。"查达夫人说着赶忙掏出来递给兽医。

"你们应该给它做个去爪手术，"泽尼亚·克洛伯接过纸巾，蘸了蘸伤口，冷冷地说道，"一根一根地拔掉它的指甲。我可以帮忙做这个手术，不过，眼下我还约了照看渡鸦的卫兵见面。或许我们可以另约个时间？"她怒火中烧地瞅了阿拉酷斯一眼，然后拉着手推车转身离开。

查达警探怒气冲冲地把阿拉酷斯举到眼前，大声嚷着："你惹了大麻烦，小野猫。"

阿拉酷斯沮丧地耷拉下那只残耳。

"剩下的假期你都给我老实待在房间里，哪儿也不许去。"

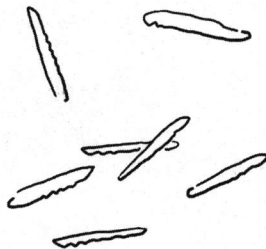

8
识破罪犯

66 真奇怪，阿拉酷斯怎么会突然变成那样？"查达夫人忧心忡忡地望着丈夫抱着阿拉酷斯朝出口走去。被牢牢困住的阿拉酷斯仍旧不死心地挣扎着。

凯莉皱着眉头。"它不喜欢那个兽医。"

"她还想拔掉阿拉酷斯的指甲。"迈克尔打了个哆嗦说。

"一根一根地拔掉。"凯莉捏着嗓子模仿着兽医的口音。

"慢着！"查达夫人惊呼一声，"该不会是泽尼亚·克洛伯假扮的吧？"

迈克尔和凯莉愣愣地看着她。

"你说得对，妈妈！"迈克尔终于反应过来，"那个兽医的确有俄罗斯口音！"

凯莉倒吸了一口凉气。"难怪刚刚她说卫兵的时候，听起来总觉得哪里怪怪的！"

"那一定就是她了，"查达夫人惊呼道，"而且，你们还记不记得，罗恩说兽医今早已经来过了，所以，就像你俩推测的那样，阿拉酷斯一定是认出她了。"

"快看，她在那儿！"迈克尔压低嗓子说。

不远处，泽尼亚·克洛伯正朝罗恩的小木屋走去。渡鸦围栏周围空无一人。这个时候大多数游客不是在排队等待参观白塔，就是在咖啡馆里吃午餐。克洛伯把手推车扔在围栏旁边，四下张望了一下，确保自己没被人跟踪，然后迅速闪进了小木屋。

"她要干什么？"查达夫人小声嘀咕。

不一会儿，泽尼亚·克洛伯再次出现在小木屋的门口，她反手关上门，然后走到渡鸦围栏前放倒了手推车，紧接着蹲下身。围栏里的渡鸦拍打着翅膀，扑向她。

当啷。查达夫人捕捉到一声不易察觉的声响。

凯莉瞪大了眼睛。"她不会是要偷渡鸦吧？"

"我什么也看不见！"查达夫人低声说。克洛伯和手推车刚好挡住了她的视线。"唔，等等。它们还在那儿，谢天谢地。"围栏里的黑鸟上下扑棱着。

突然，一抹姜黄色一闪而过。"姜饼干！"查达夫人抽了一口气惊呼道。

"怪不得阿拉酷斯突然变得怪怪的！"凯莉恍然大悟。

"她要走了。"迈克尔低声说。

只见泽尼亚·克洛伯直起身，拉着手推车，向左一拐就消失在台阶下。

嘎吱——嘎吱——嘎吱——

手推车的声音越来越远，渐渐消失。

"走！快去看看渡鸦们到底还在不在，"查达夫人领着两个孩子朝围栏奔去，"我得去看一眼罗恩。"

凯莉和迈克尔仔细地检查了围栏，渡鸦们仍旧兴奋地跳来跳去。一、二、三、四、五、六，为了确保万无一失，两个孩子来来回回地数了好几遍。

"妈妈，它们都在这儿呢，"凯莉大声说，"放心吧。"

其中一只渡鸦目光狡黠地盯着两个孩子，喋喋不休地叫着："哇咔！哇咔！哇咔！哇咔！哇咔！"

另一只眼睛亮闪闪的渡鸦回过头，恶狠狠地啄了它一下。

"哑！"其他的渡鸦也跟着凑起热闹，嘶哑的叫声此起彼伏。"哑！"

迈克尔皱了皱眉。他多虑了吗？为什么总觉得这些渡鸦的举止这么奇怪呢？

"罗恩昏过去了！"木屋里传来查达夫人的呼喊。

现在可没工夫想渡鸦的事，迈克尔赶忙和凯莉朝小屋奔去。刚跑到小屋门口，两个孩子连忙收住脚步，只见渡鸦大臣罗恩躺在地板上睡得正香，冷茶洒了一地。

"我去找人过来帮忙，你俩在这儿待着。万一克洛伯又回来了，赶快跑！"说完，查达夫人一溜烟地跑了出去，幸好没用多久她就带着几个卫兵和驻塔医生赶了回来。

"他会没事的，对吗？"迈克尔问。躺在地板上的渡鸦大臣打起了呼噜。

驻塔医生掏出听诊器，仔细地查看了渡鸦大臣的状况。"安眠药的药劲儿过了，他就会没事的。"医生说。

"安眠药？"迈克尔难以置信地问。

医生点了点头。"一种强效安眠药。"说着，他用镊子从地板上捡起一块薄薄的V字形金属片。

"发夹！"查达夫人惊呼道。

"就刺在他的脖子上。"医生指着罗恩下颌下方的两处淤血解释说。

"就像监狱的狱警一样，"迈克尔猛地想起来，"我们猜得没错儿，刚刚那个人就是克洛伯。"

"克洛伯是谁？"医生一头雾水地问。

"一个善于伪装的罪犯。"迈克尔解释说。

"她曾供职于苏联国家安全局。"凯莉补了一句。

医生挑起眉毛。"听起来不像是什么招人喜欢的家伙，"他说，"她来这儿做什么，不是专门来弄晕罗恩的吧？"

"我不知道。"查达夫人看起来忧心忡忡，"不过，我们最好先回酒店去。我丈夫负责追捕这个人，至少曾经是。我们得回去告诉他究竟发生了什么事。"

两个小时后，医生还坐在小木屋里摆弄着他的听诊器。

警察用塑料袋取走了发夹，救护人员用担架将渡鸦大臣罗恩抬走了，伦敦塔卫兵又回去带游客参观了。现在，只有他，还守在这儿，守护着这些渡鸦。

他希望罗恩能赶快醒过来，回来继续工作。医生也有好多活儿要干，总不能一直坐在这儿照顾这些渡鸦吧。他已经受够了不断闯进来的小孩子，他们接二连三地抱着他的大腿，央求他讲伦敦塔的鬼故事。显然，这是罗恩擅长的工作。无可奈何的医生从抽屉里翻出了一本鬼故事书，迫不得已地读了一遍，好应付那些小恶魔。

可是，医生就是想不明白，为什么那些孩子对这些血腥的故事如此着迷呢？他们特别喜欢那个把砍掉的头缝回去，好让家人为自己画一幅肖像画的鬼的故事。无头鬼安妮·博林的故事人气也很高，还有哀嚎的女人、拴着铁链的北极熊和拖着沉重脚步的斧头兵都十分受欢迎。

医生不相信世上有鬼，不相信那些血淋淋的故事。他也不相信渡鸦一旦离开了伦敦塔，女王的统治就会结束的传说。但另一方面，医生也不想成为罪魁祸首，万一传说是真的呢？

要是不幸如此，伦敦塔的卫兵们一定会被气疯的。他们的手上可都握着锋利的长矛呢。过去，卫兵都是用长矛了结卖国贼的性命的。看他们的样子，这种情况或许至

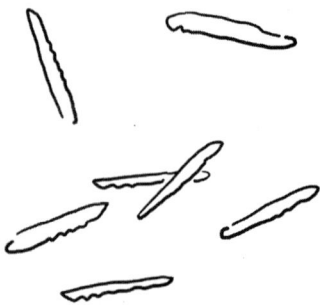

今都没什么改变。

医生叹了口气。无论喜不喜欢，他都得待在这儿。医生走出小屋，苦着脸，挨着围栏蹲下来。在他看来，这些渡鸦的长相十分凶恶。其中一只的脚弯成钩子状，另一只叽叽喳喳地叫个不停，声音也有些奇怪，还有三只渡鸦长得特别丑，有一个还总爱往水槽里拉屎。只有一只看起来挺机灵的，它歪着头，眨着一对亮晶晶的眼睛望向你，像是听得懂你在说什么似的。医生很好奇：这只鸟到底知不知道它其实肩负着决定王权兴衰的重任呢？想到这儿，医生忍不住嘲笑起自己。就算传说是真的，鸟怎么会懂这些呢？

医生走回小屋，"砰"的一声关上门。

嘎吱——嘎吱——嘎吱——

有人敲门。医生抬头看了看钟，已经快到关门的时间。他可不想再接待任何游客了，这个下午已经够他受的。要是这时候再来一个流着鼻涕的小恶魔，问他人被砍头后还能不能眨眼睛的话，他非被逼疯不可。

"关门了！"

不过，这次门口出现的并不是什么小孩子，而是一位留着一头灰白鬈发、面无表情的老妇人。不知道为什么，医生突然想到木头块"砰"的一声掉在草坪上，骨碌碌滚走的样子。他揉了揉眼睛，唔，医生心想，他确实得回家好好歇歇了。

"我们已经关门了。"他说。

"对我而言可不是。"老妇人说。她推开门，走进房间，身后拉着一辆手推车，上面还插着一根锋利的长矛。

"你是谁？"医生眨了眨眼睛。

"我叫格里泽尔达·格兰珀，暂代渡鸦大臣。"老妇人上身穿着伦敦塔卫兵蓝红相间的制服，下身是灯笼裤，脚上蹬了一双笨重的大靴子。她伸手从手推车里抽出一顶帽子，戴在脑袋上。

一抹姜黄色从医生眼前一闪而过。他晃了晃脑袋。他太累了，都出现幻觉了。"噢，很高兴见到您，格兰珀小姐，"医生快活地说，"我还以为要一辈子跟这些臭烘烘的渡鸦待在一起呢。"

"是女士，不是小姐！"妇人大声嚷道，"还有，你好大的胆子啊，竟敢说它们臭烘烘的，你这只可怜虫，它们可都是女王陛下的财产。要是你再敢如此无礼的话，我就举报你这个卖国贼，把你投进大牢。"她厌恶地看着医生。"我真想用长矛亲自了结了你。"

"好吧，请冷静点儿，"医生认命地说，"罗恩怎么样了？"

"需要休息，"妇人不耐烦地回答，"他一时半会儿还回不来。"

"警察抓到克洛伯了吗？"医生一边把听诊器收进包里，

一边问，"我有点担心，要是她又杀个回马枪，你一个人能应付过来吗？"说完，他拎起包。

"克洛伯不敢来惹我的，"老妇人把关节按得咔咔响，"她可不是我的对手。"

这话医生完全相信，因为对方看着就像个退伍的士官长。

"好吧，那么，玩得开心。"医生走出小木屋，反手关上门，脚步声渐行渐远。

"噢，放心吧，我们会的，"格里泽尔达·格兰珀咯咯地笑着，"会玩得很开心。是不是啊，姜饼干？"

手推车的深处一阵骚动。"呜呜呜。"

"快出来吧。"

话音刚落，姜饼干就爬出手推车，跳到地板上。

"我去拿钥匙？"泽尼亚·克洛伯问，"还是你去把那些脏兮兮的喜鹊放出来？"

嘭！嘭！嘭！嘭！姜饼干一根一根地亮出了指甲。

"慢着！我先看看外面的情况。"泽尼亚探出头，最后一批游客已经陆续退出了伦敦塔，附近已无一人。"好了。"

姜饼干信步闲逛到渡鸦围栏旁，把玩着锁头。

乒！门一下子就弹开了。

"喳！喳！喳！喳！喳！喳！"

喜鹊们叽喳地叫着，上蹿下跳。

"安静点儿！"泽尼亚·克洛伯把手伸进手推车里摸索着，"我们得尽快把设备装好。时间差不多了，广播要开始了。"

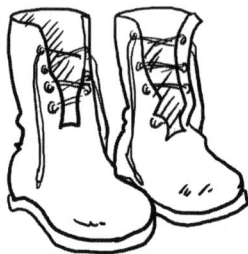

9

危难降临

“我被搞糊涂了。”局长说。

“我也是。”副局长点点头。

阿拉酷斯静静地蹲坐在局长的办公桌上，竖起耳朵，一副全神贯注的模样。眼下，大家已经知道它能认出泽尼亚·克洛伯，所以警方重新召回了它和查达警探，委派他俩继续调查这起案件。阿拉酷斯只希望一切为时未晚。

“你怎么看，查达？”警察局局长挠了挠头，“克洛伯为什么要伪装成兽医，还要弄昏渡鸦大臣？”

关于这点阿拉酷斯也是一头雾水，因为这实在毫无道理可言啊。

“我也弄不明白，”查达警探耸了耸肩，“除非是为了偷他的钥匙。”

“可他的钥匙只能打开渡鸦围栏，”副局长说，“而且克洛伯并没有碰那些钥匙啊。”

"我觉得她是想偷渡鸦，"凯莉开口说，"我说得对吗，妈妈？"

"对，"查达夫人皱着眉，"你说得对。"

"你可真聪明，小姑娘，"局长的语气听起来像是恍然大悟一般，"呃……不过，她为什么要那么做呢？"

"我也不知道。"凯莉坦白地说。

"显然，他们的目标是王冠，"查达夫人说，"也许泽尼亚·克洛伯想用渡鸦要挟女王交出王冠，如若不然，女王只能眼睁睁地看着王权衰落。"

"没错，不过她也没法带走那些渡鸦，"迈克尔说，"否则王权就结束了，一旦如此她什么也得不到。她必须得把渡鸦藏在伦敦塔里。"

"我明白你的意思了，小伙子，可事实上她并没有偷渡鸦，"副局长叹了口气，"已经数过了，六只渡鸦，一只也不少。你自己也是这么说的。"

"没错，"迈克尔说，"虽然它们看起来怪怪的。"

"怪怪的？"局长重复着迈克尔的话。

"其中一只的叫声有点怪。"

"我觉得你有点儿小题大做了，"局长不客气地说，"渡鸦就是渡鸦，而且，在此之前你也就只见过它们一次。"

"另外两只怎么样了？"查达夫人问，"就是送去注射禽流感疫苗的那两只。"

"它们没事，"局长说，"我们联系了真正的兽医。她说明天就把它们送回来，然后再带两只去打疫苗。"

阿拉酷斯咬着指甲盘算着。显然，克洛伯是冲着王冠来的，可她为什么要弄晕渡鸦大臣呢？伪装成兽医又是为了什么呢？

就在这时，一位初级警员急匆匆地跑了进来。"很抱歉现在打扰您，长官，"他脸色发青，气喘吁吁地说，"不过，您最好赶快打开电视。"

"电视？"局长怒气冲冲地吼道，"我们正在讨论非常重要的事。"

"对不起，长官，不过事态紧急。"初级警员快步走向局长办公桌对面的架子，取出遥控器打开电视。"是克洛伯，长官。她在做电视广播，所有的频道都被她控制了。"

"克洛伯？"警察局局长瞠目结舌，一副难以置信的模样。查达一家转过头，紧盯着屏幕。阿拉酷斯也跟着转过身来。

电视屏幕上，泽尼亚·克洛伯穿着伦敦塔卫兵的制服和笨重的军靴，身后正是渡鸦大臣的小木屋。

"我是格里泽尔达·格兰珀，也就是泽尼亚·克洛伯伪装的伦敦塔卫兵，我从伦敦塔渡鸦围栏为您带来电视广播。"电视里的克洛伯这样说道。

听到声音的阿拉酷斯低沉地嘶吼起来。

"我要捎个口信给女王陛下。"说完，克洛伯朝镜头咧开嘴笑了笑，"我建议你最好听仔细了，陛下，要知道这对你有好处。"

"快派人去逮捕她！"警察局局长气急败坏地嚷着，"立刻联系其他的伦敦塔卫兵！这是大逆不道的叛国罪！"

泽尼亚·克洛伯眯起眼睛，她伸出一根指头指着镜头说："如果明天你还想坐在王位上的话，我奉劝你在派那些笨蛋卫兵来抓我前，最好把我的话听仔细了。"

镜头拉了个近景，给泽尼亚·克洛伯丑恶的嘴脸来了个大特写。阿拉酷斯禁不住打了个寒战。她真是一点儿也没变——当它还是只小奶猫时，她就是这副模样，冷酷的眼神，单薄的嘴唇。

"或许，我们最好先听听她到底有何高见，长官。"副局长不安地说。

局长一言不发地为自己倒了杯水，他已经汗流浃背了。

"今天早些时候，我巧妙地伪装成兽医，然后和我的搭档，也就是正在拍摄的这只猫，姜饼干，"一只猫爪伸到镜头前晃了晃，"弄晕了渡鸦大臣，接着用其他的鸟跟渡鸦掉了包。当然，我知道，那儿只有六只渡鸦，另外的两只被抓去打禽流感疫苗了。"

听到这里，所有人都倒吸了一口凉气。"这就是她的如意算盘了！"查达夫人小声嘀咕道。

阿拉酷斯目不转睛地瞪着查达警探。他们本可以阻止克洛伯的，都怪查达警探太笨，没有弄懂阿拉酷斯的意思，放走了伪装成兽医的克洛伯。查达警探似乎也意识到自己犯了大错，他弱弱地朝阿拉酷斯咧嘴一笑。

"代替它们的，"泽尼亚·克洛伯继续说，"是两天前我从皇家鸟类重刑犯监狱劫出的抢劫勋爵庄园的喜鹊帮，连同它们的三个同伴。"

喜鹊帮！阿拉酷斯紧盯着屏幕。真是的！其实当它跃上克洛伯的手推车时，就听见喜鹊在里面叽叽喳喳地叫个不停。它早该识破泽尼亚的计划。

"可是它们长得一点儿也不像喜鹊啊！"查达夫人皱着眉说。

泽尼亚·克洛伯扬扬自得地说："天衣无缝的伪装，毫无破绽！"

"她不过是虚张声势！"局长"砰"地捶了一下桌子。

"要是你们觉得我在吹牛的话，就看看这个吧。"

镜头转向渡鸦围栏。铁门四敞大开，围栏外六只鸟一字排开。阿拉酷斯一瞬间觉得寒毛都竖了起来。第一只鸟的一只脚弯成钩子状，第二只叽喳地叫个不停，第三只则瞪着亮晶晶的黑眼睛。另外三只阿拉酷斯没见过，可是喜鹊帮就算烧成灰它也认得。柴刀，恶棍还有喜鹊吉米——看起来和以前一样神气。阿拉酷斯忍不住又"嘶嘶"地低吼起来。

泽尼亚·克洛伯抓起恶棍，把它头朝下地拎在手里。

"喳！喳！喳！喳！喳！"

"闭嘴！"泽尼亚呵斥道，"把脱色剂递给我，姜饼干。"

镜头晃了晃，随后，一只爪子递上了一个深绿色的瓶子。

"我说的是脱色剂，姜饼干，不是安眠药，"泽尼亚温柔地说，"总爱玩这些小把戏，你这个小淘气！"

"喳！喳！喳！喳！喳！"恶棍疯狂地拍打着黑色的翅膀。

"不要动，小可怜，"泽尼亚接过那只爪子递过来的第二个瓶子，"不然我就让姜饼干来做喽。"

恶棍立刻绷成一条线。

"这不就好多了嘛。"泽尼亚用牙齿剥掉恶棍身上的渡鸦"制服"，朝它一通猛喷，然后用力甩了甩。黑色的药水溅得草地上到处都是。"看见了？"她把恶棍举到镜头前，"一只喜鹊。"说完她将恶棍丢在地上，然后指着剩下的鸟说，"为了替代您那六只珍贵的渡鸦，陛下，我为您准备了半打爱偷东西的喜鹊。"

"喳！喳！喳！喳！喳！"

泽尼亚·克洛伯随手把空瓶子扔在草地上。阿拉酷斯极快地扫了一眼标签。

巨人牌

传统配方染料脱色剂

满足您的所有的脱色需求

巨人牌传统配方？老塔克之前不就是用这个牌子的白色染剂来染胡子的吗。阿拉酷斯十分好奇这家店到底在哪，泽尼亚到伦敦后肯定去那儿采购过东西。

"不过，别担心，陛下，"泽尼亚不怀好意地笑着，"那些渡鸦都好好地藏在伦敦塔里。正因为这样，您没被叛乱的暴民撵到街上，还稳居白金汉宫。"说到这儿，泽尼亚"咯咯"地笑了起来。

"我们一定要找到那些渡鸦！"局长"砰"地捶了一下桌子。

"别妄想找到那些渡鸦了，"泽尼亚·克洛伯怒喝道，"它们被关在一个没人能发现的地方。姜饼干会好好照顾它们的。是不是啊，我的小宝贝？"那只爪子又伸到镜头前挥了挥。泽尼亚直勾勾地盯着镜头，意味含糊地说："它们很安全，您也一样，陛下。不过，以后可就难说了……如果我是您，我可得留点儿神。姜饼干的胃口好着呢。"嘭！嘭！嘭！嘭！那只爪子又伸到镜头前挥了挥，不过，这次还亮出了四根钢针般的利甲。

查达警探下意识地吞了口唾沫。

局长吓得直哆嗦。

副局长干脆晕了过去。

查达夫人和两个孩子抱成一团。

阿拉酷斯向后背起两只耳朵。

"只要您答应我们的条件，我们就把渡鸦留在伦敦塔里一个你们能找到的地方。到时候您还做您的女王，而我们就带着王冠远走高飞。真是再简单不过了。"泽尼亚从口袋里掏出一张纸，一字一句地念了出来：

条 件

1. 撤离、疏散伦敦塔。

2. 解除安防系统。

3. 准备一架货机，从伦敦城市机场起飞，将我们和王冠送回西伯利亚的家乡。

4. 如若不然，就等着我的大礼吧。

"如果你们不按照我说的做，"泽尼亚·克洛伯使劲儿地跺了跺脚，"姜饼干就会把伦敦塔的渡鸦都杀掉，再丢进泰晤士河。女士，您就等着和您的王位说拜拜吧。天亮就是最后的期限。"

电视屏幕沙沙地响着，图像变成一片雪花，最后一片漆黑。

有那么一会儿，办公室里一片沉默。

丁零零……刺耳的铃声把大家拉回现实。

局长接起电话，按下了扬声器。"什么事，请讲？"

"长官，一号线，女王陛下的电话，"话务员说，"女王召见您去白金汉宫，立刻。"

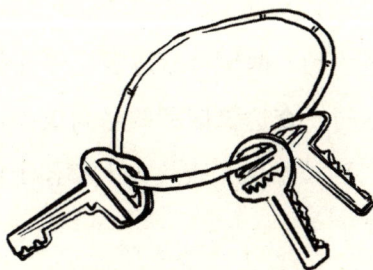

10
身负重任

苏格兰场，两辆警察巡逻车停在门口整装待发。司机拉开车门，查达警探和两名高级警司步履匆匆，钻进了第一辆警车。阿拉酷斯、查达夫人和孩子们紧随其后，坐进了第二辆巡逻车。

"系好安全带！"司机嘱咐道，"还有那只猫。"

此刻，阿拉酷斯正坐在巡逻车的后座上，夹在两个孩子中间。迈克尔为它拉上安全带。"咔哒"一声扣紧。"准备好了！"迈克尔说。

哇——啦！哇——啦！哇——啦！

伴随着刺耳的警笛，巡逻车疾驰而去，左突右闪，一路超车。沿途的行人听到声音后都停下脚步，好奇地张望，目送他们远去。

"抓紧了。"说着，司机一转方向盘将车开到逆行道上，超过了一辆卡车。"快到林荫路了，你们马上就能看见白金汉宫了。"

话音刚落，他们"嗖"的一下穿过了一扇拱门，开上了一条宽阔的大道，道路两侧树木林立。

"那儿，前面就是。"

路的尽头是一幢沙黄色的美丽建筑，周围高门耸立。白金汉宫！之前站在伦敦眼上看时，它还是一个小圆点呢。阿拉酷斯觉得，从这个角度看，白金汉宫更加漂亮。突然间，它有了一种神圣感，马上就能见到女王了！真希望查达警探能想起把猫警徽还给它，这样它就有东西秀给女王看了。

哇——啦！哇——啦！哇——啦！一转眼，他们就到了目的地。

两名穿着红黑制服的警卫拉开了大门。一看见他们，阿拉酷斯赶忙往后缩了缩。那两个人脑袋上戴的是用动物皮做的帽子吗？！

迈克尔拍了拍它，安慰道："别害怕，阿拉酷斯，那是毛皮高帽子，用熊皮做的，和他们身上的制服是一套。"

阿拉酷斯试图放松下来。还好，还好，至少不是猫皮帽子。

巡逻车刚停稳。凯莉"咔哒"一声解开了阿拉酷斯的安全带。查达夫人和孩子们钻出巡逻车，走到查达警探和两个高级

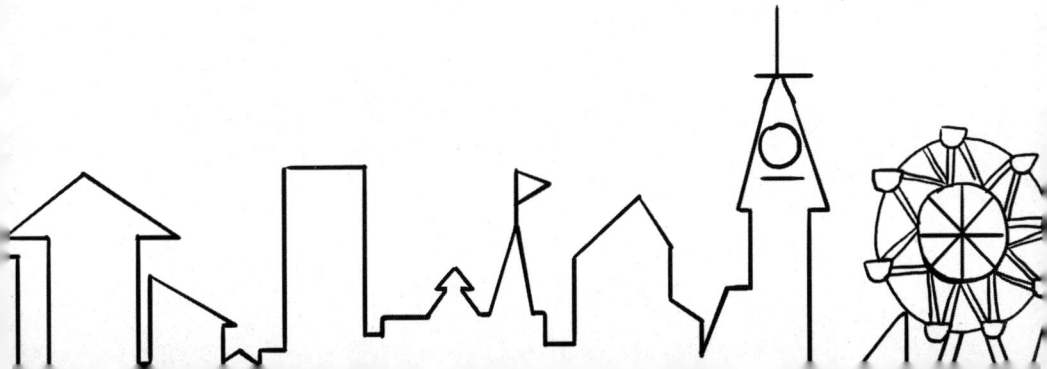

警司身旁。阿拉酷斯围着他们的腿绕来绕去，轻巧地避让着，不被他们踩到，自顾自地找着乐子。

这时，一位身材高大的女士迎了上来，她穿着一身漂亮的黑色套装。"我是女王陛下的私人秘书，莫妮卡·敏特，"那位女士自我介绍说，"女王陛下已经在等各位了，首相大人也到了。时间不多，请各位跟我来。"

莫妮卡将大家领进皇宫，她的高跟鞋踩在大理石地面上，发出"咔哒咔哒"的声响。阿拉酷斯几乎没时间打量四周，它小跑着紧跟在莫妮卡身后，余光隐约瞥见裱在镀金画框里的画作，精雕的红木桌子上摆着华丽的钟表和样式繁多的装饰品。这要是以前，它肯定得停下来好好端详端详。不过，时过境迁。眼下，阿拉酷斯的注意力全都放在夺回泽尼亚·克洛伯和姜饼干手中女王陛下的宝物上面。

莫妮卡·敏特在一扇门前收住了脚步，"等会儿女王陛下要会见各位。女士们，别忘了行屈膝礼；先生们，请记得鞠躬。女王陛下一向看重礼节，尽管现在国难当头，也不可以松懈。"

阿拉酷斯一阵惊慌失措，它可不知道怎么鞠躬啊！于是，赶忙躲到了其他人身后。

"呀，你们来了，局长。"女王陛下坐在临窗的一把扶手椅里，手里捧着一杯茶。首相大人坐在她身旁，一副神情焦虑的模样。

"尊敬的陛下！"局长弯下腰，"首相大人！这位是副局长，您已经见过了。"副局长闻言赶忙鞠了一躬。"请允许我为您引见查达一家。"

查达夫人和凯莉向前迈了一步，屈膝行礼。查达警探和迈克尔弯下腰向女王鞠躬。谁知道查达警探一个没站稳，竟然"砰"的一声一头撞在桌子上。

"你们好！"女王说。

查达警探猛揉太阳穴，他刚要开口就看见莫妮卡·敏特白了他一眼。"别说话。"她压低嗓音说。

"这是查达家的猫，阿拉酷斯·利爪。"局长接着介绍说。

听到这个，阿拉酷斯踮起脚，跨过质地优良的地毯。它直起身，一只爪子放在胸前，弓腰鞠躬，一边还要努力不让自己摔倒。

"很高兴见到你，"女王说，"不得不说，作为一只动物，你的举止十分文雅。也许用过茶点后，你也可以教一教我的柯基犬。诸位，请坐吧。"

阿拉酷斯不自觉地咽了口唾沫。它刚刚就注意到房间角落的篮子里躺了三只瘦长而结实的小狗，它们一直虎视眈眈地盯着它。安全起见，等大家都在长沙发上坐稳后，阿拉酷斯一跃跳上了查达夫人的膝头。

"阿拉酷斯曾协助警察逮捕了抢劫勋爵庄园的喜鹊帮，陛下。"局长开口介绍说。

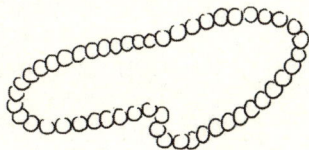

"而且它还认识泽尼亚·克洛伯，女王陛下，"迈克尔说，"就算她化了装，阿拉酷斯也能认出来。"

"真有意思。"女王抿了一口茶。

"我们猜测阿拉酷斯曾在泽尼亚·克洛伯手下干过，女王陛下，"凯莉说，"我是说当它还是只猫大盗的时候。"

"猫大盗？"女王惊诧地上下打量着阿拉酷斯。一时间，阿拉酷斯觉得自己羞得要烧起来了。

"它已经改邪归正了，陛下，"查达夫人连忙为阿拉酷斯解释，"自从我们收养了它，它就再也没偷过东西了，它现在是一只改过自新的猫大盗。"

"嗯，很高兴听到这个消息。"女王说，"我们已经没剩多少茶匙了，有些茶匙拿去送洗后就再没拿回来过。"她叹了口气。"如果这个叫克洛伯的人一意孤行的话，我们缺的可就不仅仅是茶匙了。"她转过头问局长，"我们该做些什么呢？克洛伯似乎已经布置得天衣无缝了。如果姜饼干再吃掉渡鸦的话……我可真是受够了。"

局长神情沮丧地坦白道："我……我也不知道。"

查达警探直愣愣地望着女王，紧张的情绪已经淹没了他。"我有个主意，女王陛下，"他突然大声说，"阿拉酷斯能帮上忙。"

"快说。"首相大人嘟囔着，他可不希望女王的统治结束在自己的任期内。史书会大肆记载这件事，而他也别再想获得连任。

"是我误会了阿拉酷斯，"查达警探吞吞吐吐地说，"在伦敦塔时，它本来已经认出了克洛伯，是我把它拖走了。"

阿拉酷斯轻柔地打起了呼噜。查达警探可从不轻易承认自己的错误，更别指望他会说阿拉酷斯的好话了。

"你的意思是这都是你的错？"首相大人皱着眉问。

"恐怕是这样的，"查达警探紧张地吞着口水，"不过，我……我已经深刻地反省过了。"

"都反省了些什么，查达？"女王和善地问。

"这件事告诉我，要信任阿拉酷斯。"

阿拉酷斯更加低沉地咕噜起来。

"未免迟了点儿！"首相哼了一声。

"你的意思是？"女王接着问。

"如果阿拉酷斯真的为克洛伯工作过的话……"查达警探犹豫不决，不知如何开口。

"接着说……"

"或许它能渗透进那个团伙，"查达警探急急地说出自己的想法，"那么它就能密切留意渡鸦，免遭姜饼干的毒手。至少阿拉酷斯能保证它们不受伤害……"

"……另一边，我们要想办法夺回王冠。"局长总结道，说完用力地拍了拍查达警探的后背。"好主意，查达！"

阿拉酷斯止住了呼噜，全身的血液都凝固了。让它当卧底？他们疯了吗？姜饼干会生吞了它的。

"是个不错的主意，查达，"首相嘀咕着，"像你这种无可救药的人能想出这样的主意，真是不容易。"

"克洛伯说姜饼干会把渡鸦藏在一个没人能找到的地方。"副局长回忆说。

"但是……其他猫也许能。"局长盯着阿拉酷斯惊呼一声。

"要是它获得了姜饼干的信任，那就更好办了。"首相点着头。

获得姜饼干的信任？阿拉酷斯耷拉下一只耳朵。姜饼干憎恨别的猫，特别是它。阿拉酷斯真想大声地告诉每个人，别傻了，姜饼干是不会上当的。

"可这也太危险了。"凯莉抗议道。她抱起阿拉酷斯，亲热地搂着它。

"阿拉酷斯会受伤的。"迈克尔轻轻地摸着它的耳朵。

"我不确定是否该让它去冒险，"查达夫人忧心忡忡地说，"这实在是一件高风险的工作。"

女王放下茶杯说："莫妮卡，请把阿拉酷斯抱过来，我俩需要单独谈一谈。"

一双有力的手抱起了阿拉酷斯。莫妮卡·敏特把阿拉酷斯抱到女王身边，放在脚凳上。

"把我的眼镜拿来。"

莫妮卡·敏特递上了眼镜盒。

女王倾身向前，轻轻地用指尖捏起系在它脖子上的一条红色围巾。"阿拉酷斯·文绉绉酷斯·喵喵普斯·利爪。"她缓缓地念出绣在围巾上，仿佛蜘蛛丝一般纤细的字母。"多美的名字啊！你肯定是非常聪明又独立才能得到这样的名字。"

阿拉酷斯开心地打起呼噜。

"我总觉得，"女王接着说，"动物是非常聪明的，或许比人类要聪明得多。"

阿拉酷斯更加低沉地咕噜着。它喜欢女王。她一点儿也不可怕嘛。

"这就是我不强迫你的原因，"女王不容反驳地说，"如果你自愿接受这个任务，无疑是非常了不起的。但是，如果你不想渗入克洛伯的团伙做卧底，也没兴趣获得那只叫什么姜饼干的猫的信任，那么你也完全有自由这么做。"

"可是，女王陛下……"首相忍不住出言阻止。

"英格兰是一个自由的国度，"女王瞪了他一眼，"无论人还是猫都有选择的权利，谁也不能强迫他们做违背他们意愿的事。"

"可是，女王陛下！"首相倒吸了一口凉气，"要是姜饼干真杀了渡鸦，王权统治就会结束啊。"

"我知道，"女王厉声说，"但我也不会屈服，更不会强迫阿拉酷斯做一些违背它意愿的事。"

阿拉酷斯钦佩地凝视着女王。她真的打算放弃王位，也不愿强迫它面对克洛伯和姜饼干？阿拉酷斯觉得自己有些哽咽。

"莫妮卡，麻烦你帮我准备一个包裹。"女王转过头对她的秘书说，"收拾好菲利普的睡衣和牙刷，再帮我们预订一家经济型酒店，我知道苏格兰有几家还不错。局长，请帮我联系克洛伯告诉她别再来烦我。"

"可是，女王陛下！"局长激动地站了起来，"我们难道不能利用阿拉酷斯拖延一阵子吗？也许我们还能想到别的法子。"

女王抬起手，示意他别再说了。"我心意已决，局长，我是不会跟罪犯谈判的。"

阿拉酷斯简直不敢相信自己看到的一切。它做梦也没想到女王会这么勇敢。她说得对，他们不该向克洛伯屈服，也不该任由姜饼干发号施令。女王都这么勇敢了，它也不能太差劲。它要接受这个任务，去做卧底，无论多么危险，它都要保证渡鸦的安全。

"喵。"它叫了一声。

"阿拉酷斯好像要说什么。"凯莉提醒大家。

阿拉酷斯蓬起毛，又叫了一声："喵。"

"我觉得它是想告诉我们它要接受这个任务！"迈克尔说，"你是这个意思吗，阿拉酷斯？"

"喵，喵，喵！！！"

"耶！"查达警探高兴地和另两位高级警司互相击掌庆贺起来。

首相拿起一块巧克力饼干。

查达夫人走过来，跪在阿拉酷斯身边，抚摸着它的耳朵。

"你确定吗，阿拉酷斯？"她温柔地问，目光刚好撞上女王的眼睛。

"喵。"

"十分，十分确定吗？"女王搔着它的下巴问。

阿拉酷斯低沉地咕噜起来，它这一辈子还从未如此确定过。"喵。"

"无论结果如何，我都会永远感激你，"女王微笑着看着查达夫人说，"也感谢你的家人支持你做出这个勇敢的决定。莫妮卡，快给阿拉酷斯上沙丁鱼，它看上去饿极了。"

"是，陛下。"莫妮卡·敏特匆匆退了下去。

"趁着阿拉酷斯吃东西，我们来制定个计划吧。"她目光闪闪地说。"我已经想到一个主意了，首相，"她转过身，"化装舞会用的那些假王冠还在吗？"

"我想还在，陛下。"首相龇着牙，笑着说。

"太棒了，"女王满意地点点头，"我们来大干一场，把克洛伯揍得满地找牙吧。"

11
宿敌重逢

恶棍一点儿也高兴不起来。泽尼亚·克洛伯回到驳船上化装去了；姜饼干躲在渡鸦大臣的小木屋里，一边喝着茶一边和喜鹊吉米聊天。而它和柴刀、贪吃鬼、大胃还有傻蛋却一直被关在渡鸦围栏里。

"为什么还不放我们出去啊？"恶棍搓弄着羽毛，抱怨着，"伦敦塔已经按那个老太太的要求疏散了，我想也是时候让我们换貂皮了。"

"让我们吊什么？"大胃问。

"大胃，你是不是啥都不知道？"恶棍哼了一声，"貂皮，不是吊什么，那是毛皮的一种。在某些特殊场合，像是加冕什么的，女王就会穿貂皮。"

"恶棍，你穿貂皮肯定特好看。"柴刀点着头说，"感觉无论如何也得穿一次，不然就白活了！"

"别管什么貂皮了，我得伸展一下翅膀。"贪吃鬼嘀咕着，"我都蜷成一团了，像只老母鸡似的。"

"比蹲监狱还难受呢。"大胃发着牢骚。

"水槽里全是鸟屎。"傻蛋小声念叨着。

"都是拜你所赐，傻蛋！"柴刀气愤地大叫道。

"没错，你简直是一部造屎的机器。"恶棍煽风点火地说。

"喳！喳！喳！喳！喳！"喜鹊们立时扭打成一团。

姜饼干迈着方步踱过来。"出什么问题了？"

"放我们出去！"几只喜鹊扯着嗓子叫道。

姜饼干打了个哈欠。"放也行，不放也行。你觉得呢，吉米？"

喜鹊吉米终于为它们说了句话："放它们出来似乎没什么坏处，但是你们得保证不干蠢事。"

"蠢事？"恶棍听了这话气鼓鼓地嚷嚷，"我们？"

"比如说呢，老大？"柴刀问。

"比如飞到高空被人类一枪打死。"吉米说。

大胃吞了口唾沫。"我以为所有的卫兵都撤退了。"

"他们是撤退了，"姜饼干说，"泽尼亚的电视广播结束后，女王就下令让他们都退出去。但是我可以拿你的小尖嘴打赌，河那边某座高楼大厦里一定埋伏着警方的狙击手，一旦你飞过去……"它指着天空，"砰！"姜饼干站起身，拍了拍爪子，在脖子前比画了一下，"然后你就变成圣诞节的火鸡了。"

"我可不想再参加你们谁的葬礼了，伙计们，"喜鹊吉米郑重地提醒道，"死在人类手里的喜鹊已经够多了。难道你们忘记扁嘴巴、企鹅和呆子的下场了吗？"

恶棍倒吸了口凉气。扁嘴巴、企鹅和呆子都是被汽车轧死的。死相凄惨，跟薄煎饼似的。

"我好像也没那么想伸展翅膀了。"贪吃鬼捣着头说。

"我们跳一跳活动下筋骨算了。"柴刀提议道。

"好呀，来吧，"恶棍央求着说，"能给我们看看王冠吗，吉米？求你了！"

"没什么不可以的，"吉米愉快地应和道，"大家一起去吧，看看他们是不是真的解除了安防系统。走吧，姜饼干。"

"好吧，"姜饼干用爪子挑开门锁，"正好我得再给渡鸦们带点鲜血过去。"喜鹊们推开围栏，簇拥而出。姜饼干跃上围栏后面的古墙，跳到墙的另一边，不紧不慢地踩着猫步，吉米蹦蹦跳跳地跟在它身边。其他的喜鹊则紧随其后。

"我真讨厌那只猫！"恶棍小声地说。

"真搞不懂老大为什么要听它的话，"柴刀嘀咕着，"它好像不关心我们的死活似的。"

"试想一下，要是老大跟一只猫熟起来！"贪吃鬼神经兮兮地说。

"还有一个人类！"傻蛋嘟囔着。

"我真是受够了，"大胃抱怨道，

"我们得做点儿什么。"

"没错儿，"恶棍虎着脸，"我们得靠自己。"

"喳！喳！喳！喳！喳！"喜鹊们一边走，一边嘀咕着。这可真不是一件容易的事，直到它们扑倒在一片草坪上休息时，也没能想出什么好法子来。

"呃，"恶棍问，"那是格林塔吗？医生说那是过去用来砍头的地方？"

"噢，没错。"柴刀好奇地四下张望，"你们相信那个为了拍全家福照片，把头缝回去的鬼故事吗？"

"你们不会觉得拍出来的照片有点儿诡异吗？"恶棍困惑地问，"脖子四周不断地滴着血。"

"那个年代没有照片，你这个白痴。"吉米一直等着它们赶上来。"他们只能画肖像画，画的时候是不会把血画出来的。"

"快点儿，"姜饼干说，"天快黑了。"

柴刀眨了眨眼睛。"呃，傻蛋，"它犹豫不决地开口说，"你喜欢医生讲的那些鬼故事吗？"

"当然！"傻蛋兴奋地拍打着翅膀。

"我也喜欢！"恶棍叽叽喳喳地叫着，"特别是那个无头鬼安妮·博林的故事，她夹着自己的脑袋一边哭，一边四处游荡！"

"嗷呜呜呜呜！"贪吃鬼叫着，"嗷呜呜呜呜！"

"别说了。"姜饼干喝止道。

姜饼干的反应很滑稽。柴刀歪着头问："你呢，大胃？"

"我喜欢那个拴着锁链的北极熊的故事，"大胃咯咯地笑着，"想象一下，如果晚上听见那声音！当啷，当啷，肯定不止起鸡皮疙瘩那么简单。"

"闭嘴。"姜饼干嚷着。

"还有那个一直哀泣的女人，"柴刀说，"那故事真是相当恐怖啊。"

"嗷呜呜呜呜！"贪吃鬼兴奋地扯着脖子叫，"嗷呜呜呜呜！"

喜鹊们笑得前仰后合，就连吉米也忍不住咯咯地轻笑起来。

"安静点儿！"姜饼干大声说。

"我最喜欢斧头兵的故事，他拖着沉重的脚步，扑通——扑通——扑通——"柴刀神情狡黠，"要是我们坐在这儿，然后听见了那声音该怎么办，嗯？就像要被砍掉头似的？"它开心地上蹿下跳，"扑通——扑通——扑通——"

"没错，这地方真让人毛骨悚然，哈？"恶棍做了个鬼脸，"特别是晚上。"

"嗷呜呜呜呜！"贪吃鬼又嚎叫起来，"嗷呜呜呜呜！"

"给我住嘴！"姜饼干怒吼道。

柴刀朝恶棍眨了眨眼问："怎么了？"

姜饼干紧张地打量着四周。

"慢着，伙计，"恶棍压低嗓子说，"我觉得它怕鬼。"

"我不怕鬼。"姜饼干吼道。

"当啷，当啷！"大胃匍匐到它身后，想要吓唬它。

姜饼干顿时被吓得蹦了起来。

"没错，你怕鬼。"柴刀说。

"你是个胆小鬼！"傻蛋傻笑着。

"胆小鬼！胆小鬼！姜饼干是个胆小鬼！"贪吃鬼不知死活地叽喳叫着。

啪！姜饼干挥起爪子，一巴掌按住贪吃鬼的尾巴。"有种就再说一遍，下个葬礼就是你的。"

"对……对不起。"贪吃鬼咽了口唾沫，连忙吞吞吐吐地道歉。

另外几只喜鹊吓得赶忙跳得远远的。慌忙间，柴刀被恶棍绊倒，恶棍摔在大胃身上，大胃又和傻蛋滚成一团。吓傻了的傻蛋拉了一泡屎，几只喜鹊竟没头没脑地摔了进去。"喳!喳!喳! 喳! 喳! "它们连滚带爬地站起来，仍不忘推推搡搡、叽喳个不停。

姜饼干一言不发地等着它们安静下来，才松开了贪吃鬼。"现在闭上嘴，跟我走。"

它们穿过庭院，走到珍宝馆。大门敞开着。

"在里面。"姜饼干在前面带路，穿过黑暗的房间，朝几扇厚重的铁门走去，王冠就存放在守卫森严的地窖里。"这儿就是了。"它推了一下门。喜鹊们绷紧身体，等待着刺耳的警报声，不过只等来一片寂静。

"警报解除，"姜饼干满意地点点头，"女王看来还挺识趣。只要我们把这些宝贝搬到驳船上，就可以开足马力奔赴飞机场了。"

"飞机场在哪？"吉米问。

"一直沿着河走就到了。"姜饼干咧开嘴，笑着说，"明天的这个时候我们就在西伯利亚了。"

"那又是哪儿？"柴刀小声地嘟囔着。

"不知道，不过听着挺不错的。"恶棍叹了口气。

"那儿是一处度假胜地，"大胃说，"可以晒日光浴的地方。"

"哇哦！"恶棍摆着尾巴问，"那我能点一杯插着小纸伞和樱桃的鸡尾酒吗？"

"我们调一杯新的吧，"贪吃鬼提议，"特调喜鹊鸡尾酒。"

"来一杯便便椰汁怎么样？"傻蛋咯咯地笑着说。

"不错，傻蛋。"几只喜鹊又开始叽喳起来。

姜饼干将门完全推开，走进地窖。刹那间，灯光充斥了整个房间。

"喳！喳！喳！喳！喳！"喜鹊们惊恐地上蹿下跳。

"是感应灯，"姜饼干冲它们喊道，"不用担心，走吧。"

几只喜鹊跟在它身后，鱼贯而入。

　　突然，恶棍停下脚步，望着陈列着珍宝的玻璃柜感叹道："太美了。"

　　"快看王冠！"吉米的眼睛闪着光。

　　"还有权杖！"柴刀直勾勾地瞪着眼睛。

　　"宝球！"大胃倒吸了口气。

　　"手镯！"傻蛋哭着叫道。

　　"戒指！"贪吃鬼大笑着。

　　"貂皮！"恶棍尖叫出声，"我肯定已经死了，还上了喜鹊时尚天堂。"

　　扑通！

　　"什么声音？"姜饼干不自觉地吞了口唾沫。

　　喜鹊们胆怯地朝四周张望。

　　"是斧头兵！"柴刀尖叫着，躲到吉米身后，"是他的脚步声！他来砍我们的头了！"

　　"快！过来！"姜饼干惊慌失措地奔到一个玻璃柜后面，几只喜鹊连滚带爬地跟在它身后，藏好后，还忍不住悄悄探出头张望。

　　墙上现出了一个巨大的、弓着背的影子。

　　"你好，姜饼干。"一个声音传来。

　　"它是冲着你来的！"恶棍推了姜饼干一把，尖叫道。

　　"我哪也不去。"姜饼干紧了紧爪子，颤抖着说。

　　"闭嘴，恶棍，"吉米朝它的脑袋上猛啄了一下，"鬼不会说话。我认出那个声音了，那不是斧头兵。"

"有人吗？"那个声音又打了一次招呼。

"嘶嘶嘶嘶！我也听出来了。"姜饼干嘶吼着，从柜子后面大步走了出来。几只喜鹊小心翼翼地跟着它。

只见一只棕黑相间的虎斑猫站在它们面前，它戴着四只白色的爪套，一只耳朵缺了一角，脖子上还围着一条红色的围巾。

"利爪，"姜饼干低沉地嘶吼着，"我就知道你早晚得现身。"

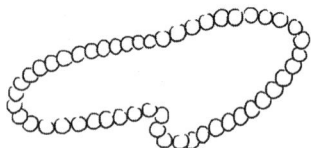

12
混入敌方

"你胆子够大的，"吉米啐了一口，"搞出勋爵庄园那样的事，竟然还敢出现。"

"你想干什么？"姜饼干嘶吼着问它。

阿拉酷斯咽了口唾沫，一路尾随喜鹊帮爬上格林塔，混进珍宝馆不是一件难事儿。看着姜饼干因为怕鬼战战兢兢地缩成一团，这也挺让人快活的。可眼下最棘手的部分来了，它得赢得姜饼干的尊重——唯一的方法就是像个男子汉一样撑住。阿拉酷斯亮出利爪，一把按住了那只离它最近的喜鹊。

"我记得你说过它是只养尊处优的宠物，老大！"贪吃鬼喳喳地叫着。

阿拉酷斯死死地按住贪吃鬼。"别做梦了，"它嘶嘶地低吼着，"我又重操旧业了。要是你再胆敢那么跟我说话，我就把你尾巴上的羽毛一根一根地拔掉，再涂上滚油架起来烤熟。"

贪吃鬼眼睛一翻，晕了过去。

"我没法相信你，利爪，"吉米说，"为了自保，你已经出卖过我们一次了。"

阿拉酷斯一脚踢飞贪吃鬼，朝恶棍走了过去。"你算说对了，吉米。我得自保啊，否则怎么能称得上是全世界最了不起的猫大盗呢，是不是？而且，我想是你出卖了我吧。"

阿拉酷斯瞥见吉米露出一丝疑惑的表情。这比它先前预想的好多了，吉米已经上钩了。阿拉酷斯祈祷着，千万要给姜饼干留个好印象啊。想着，它伸出爪子一把按住了恶棍。

"为什么是我？"恶棍无力地叫着，"干吗不抓柴刀呢？"

"别担心，下一个就是它了。"阿拉酷斯一巴掌下去，恶棍顿时像个肉乎乎的毛球一样，从地板的一头飞到了另一头。"站在我的角度上想想，吉米，"它继续从容地说，"只有攀上查达一家，假装帮助他们，抓住你和你的弟兄，我才能安然地离开立托顿镇啊。"不知为何，阿拉酷斯仿佛尝到了一丝苦涩。虽然这些话没有一句是真的，但也让它如同背叛了查达一家般难过。它爱查达一家，特别是凯莉和迈克尔。不过它得挺住，它必须获得这些家伙的信任，这点它已经向女王承诺过了。

"你是说你不是谁的宠物？"姜饼干问。

阿拉酷斯直视着它的眼睛，一挥爪子，恶棍就猛地朝貂皮飞了过去。

咚！

"我？"它大笑着，"宠物？！别逗了，姜饼干，你应该最了解我了。别傻了！泽尼亚·克洛伯训练过的猫怎么可能变成宠物？！"它按住柴刀接着说，"一朝猫大盗，永远变不了——这是我的名言啊。"

"我还是不相信。"吉米嘟囔着。

"救命！"柴刀呜咽着，"谁快来救救我！"

"我不在乎你信不信，吉米，"阿拉酷斯嘶嘶地低吼着，"你不过是只鸟而已，这是我们猫之间的事儿。"它抓着柴刀的尾巴，倒拎起来。

姜饼干大笑道："真是士别三日，当刮目相看啊，你变得冷酷了，阿拉酷斯。"

"你最好还是相信吧。"阿拉酷斯朝吉米龇着牙，"我从不听命于任何一只喜鹊。"说完，一把将柴刀甩向了宝球。

"我也一样，"姜饼干懒洋洋地说，"看起来蛮有意思的。"柴刀沿着玻璃柜缓缓地滑到地面。"介意我一起吗？"

"别客气，请便。"阿拉酷斯大方地邀请它，一边思索着如果姜饼干把剩下的两只喜鹊弄死了，它该作何反应。

"你俩谁先？"姜饼干咧着嘴，笑着问。

大胃和傻蛋面如死灰地望着它。

姜饼干一把抓起它俩。"那就一起来吧！"它咯咯笑着，将两只喜鹊直直地朝王冠扔去。

咚！啦嗒！

"住手，别扔了！"吉米气得直跳脚，"我们是一伙的，忘了吗？喳！喳！喳！喳！喳！"

"闭嘴，吉米，"姜饼干说，"除非你也想和它们一个下场。阿拉酷斯说得没错，别装模作样了。这儿是猫说了算，可不是喜鹊。"它一把搂过阿拉酷斯，愉快地说，"蒂凡尼那一票干得真漂亮。"

有那么一会儿，阿拉酷斯甚至没弄明白姜饼干在说什么。不过，很快它就意识过来，姜饼干和查达警探犯了一样的错误。珠宝店那次，就连姜饼干也以为阿拉酷斯是在偷戒指。

"谢谢。"阿拉酷斯低吼道。被姜饼干夸奖，感觉就像在吃自己的呕吐物般难以下咽，不过它得忍住。"江山易改，本性难移，"它说，"泽尼亚把我们训练得太好了。"

"今天被你挠了一下，她可不是很高兴啊。"姜饼干抽回爪子。

阿拉酷斯耸耸肩。"那是个意外，当时我正急着摆脱查达一家。"

"我不怪你，"姜饼干说，"他们听着就像一群可怜虫——就是那种不会允许你把老鼠内脏吐在桌子上的人。"

"是呀，"阿拉酷斯咬着后槽牙，恨恨地说，"他们就是这样。算了，别再提他们了。谈谈我为什么会出现吧。"

"为了什么？"姜饼干挑起一边的眉毛问。

"我想加入。"

"喳！喳！喳！喳！喳！"

姜饼干一个眼神就让吉米安静下来，它转过头，一双淡蓝色的眼睛盯在阿拉酷斯身上。"我没问题，"终于，它开口说，"不得不说，很高兴能再见到你。我已经受够了和这些恶痞为伍。我会带你去见泽尼亚，不过，阿拉酷斯，我得提前告诉你，她很生气。"

"我给她带一件小礼物怎么样？"阿拉酷斯想起了女王的计划，赶忙问道。

"好吧，"姜饼干点了点头，它扫了一眼周围闪闪发光的珠宝，"你选一件吧。"

"警报器怎么处理？"阿拉酷斯问。

"已经解除了。"

"我想挑一件王冠，"阿拉酷斯一边说着，一边朝陈列王冠的柜子走了过去，"我得找个东西踩着才够得着。"

"这个怎么样？"姜饼干不知从哪推来一把重重的椅子，它暗暗用力，绷紧了浑身的肌肉。

"谢谢！"真是个爱炫耀的家伙！阿拉酷斯心想。跟以前一样。"这下就可以了。"它跳上椅子，装出一副检查锁的样子。"小菜一碟！"它大声地说，然后"嗖"地亮出右前爪的指甲，聚精会神地摆弄起来。一时间，房间里鸦雀无声。快了快了……阿拉酷斯装出一副专心致志的样子。"搞定！"说完，玻璃柜应声而开。

哔咦……

姜饼干和喜鹊们惊慌失措地四下张望。

成了！阿拉酷斯松了一口气。到目前为止，一切都按计划行事。

"快跑！"它大喊，"地窖大门要关了！"

阿拉酷斯拔腿就朝出口奔去，姜饼干和几只喜鹊紧紧地跟在它身后。

哐啷！当！哐啷！当！身后的大门渐渐紧闭。

"唷！"阿拉酷斯上气不接下气。警报一直响个不停，它用爪子捂住耳朵，朝姜饼干喊："我记得你说警报已经解除了！"

"之前是解除了！"姜饼干吼着，"泽尼亚知道了肯定得大发雷霆！快走。"

13
骗取信任

阿拉酷斯跟着姜饼干逃出珍宝馆，刺耳的警报仍然不绝于耳。这意味着现在正式步入女王计划的第二阶段。

它们穿过庭院，沿着古墙通过拱门，踏上鹅卵石小路。几只喜鹊跟在它俩身后，扑棱着翅膀，哑着嗓子叽喳地叫。

"我们要去哪儿？"阿拉酷斯问。渡鸦肯定藏在伦敦塔的某个地方，问题是，在哪儿？

"等下你就知道了。"姜饼干抽动鼻子，嗅了嗅空气。"这边。"它穿过街道，挤过栏杆，踩着石阶奔向泰晤士河。阿拉酷斯小跑着，勉强才能跟上它的脚步。它们为什么要往河那边跑？渡鸦不可能藏在那边啊。阿拉酷斯不禁怀疑，姜饼干是不是打算淹死它。即便如此，它也不能退缩。它已经没有回头路了，身后还跟着喜鹊呢。

石阶的末端连着一块缓步台，上面淤积了一摊绿色的河水。再往前是一扇连通泰晤士河的大门，门上挂着一块标识：

叛徒门

"以前，如果犯人被判处了叛国罪的话，处死前都要用船把他们运到这来。"姜饼干随口解释道。

"你要小心哦，利爪，"吉米不动声色地说，"搞不好下一个就是你。"

河水已经退去，只留下浅浅的积水。它们蹚着水，挤过栏杆，往河滩走去。

"那边。"姜饼干指着距离河岸不远处的一团黑影说。

驳船！没错。泽尼亚·克洛伯特别爱挑那种阴暗又臭气熏天的地方藏身。阿拉酷斯心里暗自懊悔，早上，透过铁闸门看见那条驳船时，就该想到克洛伯可能藏在里面啊。

阿拉酷斯踩着黏糊糊的污泥，跟在姜饼干身后。它的爪子沾着烂泥，脏兮兮的泥浆将雪白的毛发染成褐色，最后竟看不出和其他部位有什么区别了。几只喜鹊一蹦一跳地尾随在它俩身后，河床上留下了它们清晰的爪印。终于，它们一行走到了驳船下。

"你先上去。"姜饼干指着一部活动梯子说。

阿拉酷斯奋力地往上爬，沾满淤泥的脚踩在湿漉漉的踏板上止不住地打滑。最后，它抓住围栏，跳上了甲板。

喜鹊们接二连三地落在它身边。

"泽尼亚在里面。"姜饼干为阿拉酷斯拉开了舱门。

阿拉酷斯高举着尾巴，趾高气扬地踩着猫步走了进去。

船舱里，泽尼亚·克洛伯已经装扮成了米尔德里德·莫洛托夫的模样，她甚至没有注意到阿拉酷斯。克洛伯踱着步，一边大声地用俄语咒骂着，一边"砰砰"地将发夹甩在飞镖盘上。桌子上放着一个绿色瓶子，上面贴着安眠药的标签。旁边是半瓶巨人牌传统配方黑色染剂，她就是用这玩意把喜鹊染成渡鸦的。

阿拉酷斯趁机瞄了一眼标签：伦敦塔窖55号。那地方就在炸鱼薯条店附近。看来用不着跑太远，泽尼亚就能买到这些东西。

"实在抱歉，克洛伯小姐，珍宝馆的意外完全是因为电气故障。"

那是警察局局长的声音。阿拉酷斯"噌"地站了起来。泽尼亚正开着免提接听局长从白金汉宫打来的电话。看来，女王计划的第二阶段已经全面展开了。现在，阿拉酷斯只需要确保渡鸦的

安全，查达一家会负责其他的一切。到了半夜，等这群坏蛋确信自己已经得到了想要的东西，阿拉酷斯和查达一家就会将他们一网打尽。

"是女士，不是小姐！"泽尼亚吼道，"电气故障是什么意思？我告诉过你解除警报。否则后果自负。"嗖！发夹飞了出去，砸在飞镖盘上，又弹起来砸向恶棍。"什么叫后果自负你不懂是不是，你这个白痴！"

"我想，我得放弃我的犯罪生涯了！"说完，恶棍晕了过去。

"女王陛下已经派了一队电工过去，"局长平心静气地说，"应该马上就到了。他们开着一辆白色的小货车。我保证，用不了多久他们就能把一切搞定，到时候你就可以继续你的邪恶计划，整个国家的宝藏都在那里，你想偷什么就偷什么。"

"如果你和女王还想再见到那群渡鸦的话，"泽尼亚哼了一声，"他们最好麻利点儿。"说完"啪"地挂断了电话。"阿拉酷斯？"终于，泽尼亚发现了它，"你怎么在这儿？"

"喵。"阿拉酷斯鼓足了勇气，走向泽尼亚·克洛伯，在她的平头钉靴子上蹭了蹭脸。

"唔，你还是想我了，对不对？"泽尼亚俯身拍了拍它，"你不觉得这很甜蜜吗，姜饼干？"

姜饼干急急地"喵"了一声，可能代表了"是"，也可能意味着"不是"。这才是姜饼干的风格，阿拉酷斯心想，当着自己的面是一套，泽尼亚一出现，它马上就变脸，变得想撕碎它的喉咙了。阿拉酷斯忍不住怀疑这到底是不是一个圈套啊。

"唔，我可不这么认为！"泽尼亚说着，一把揪紧了它的后颈。

阿拉酷斯无助地悬在半空中，吊死鬼一样地荡来荡去。泽尼亚钩着它的围巾结，勒得它喘不过气来。身后的喜鹊们得意地笑着："喳！喳！喳！喳！喳！"这是吉米和它的手下最期盼见到的场景吧，就连晕倒的恶棍也及时地醒了过来。

"你竟敢挠我，你这个小杂种，我真想让姜饼干杀了你。"泽尼亚恶狠狠地盯着它说。"你肯定会喜欢的，姜饼干，不是吗？反正老鼠都吃完了。我猜这就是你把它带来的原因吧。你肯定饿坏了。"

阿拉酷斯一阵反胃，它的眼睛瞪得老大，就要被勒出来了。

突然，一道姜黄色的光"嗖"地闪过。阿拉酷斯重重地摔在地板上，围巾碎成两块，缓缓地飘落到它身旁。

"如果你想在这儿动手，姜饼干，记得别搞得一团糟。"泽尼亚·克洛伯恹恹地说，"血沾在地毯上可是很难清理的。"

阿拉酷斯强打起精神。它知道，要是姜饼干这时候动起手来，它一点胜算也没有，不过即便如此，它也没打算束手就擒。但出乎它意料的是，姜饼干跳上沙发，脱掉项圈，伸爪去够安眠药，然后把铆钉浸了进去。

泽尼亚·克洛伯不敢置信地看着姜饼干。"别告诉我你变得妇人之仁了，姜饼干，这可不像你，你从不给别人机会的。"

姜饼干沉沉地吼了一声。

泽尼亚·克洛伯耸了耸肩。"好吧，随你便。也许你是对的，多双爪子帮忙也好。唔，更重要的是，还是双利爪。"说完她还抬脚戳了戳阿拉酷斯，"特别是现在我已经决定，无论女王满不满足我的要求，我都要杀掉那些渡鸦。"

阿拉酷斯愣在原地。

姜饼干满意地咕噜起来，它伸了个懒腰，翻身打起了滚儿。

"我就知道你会喜欢，姜饼干。要让我们的对手长点儿记性，不要企图用什么电气故障挑战我们的耐心！"泽尼亚·克洛伯咯咯地笑着。"大不列颠联合王国！到时候，我真想看看女王陛下会作何表情。我得放点儿革命游行音乐庆祝一下，孩子们，让我们烧点儿红菜头，尽情玩起来吧！"

阿拉酷斯垂下耳朵，不是因为革命游行音乐或者烧红菜头的味道，虽然它们也够让人糟心的了，而是因为泽尼亚·克洛伯居然要杀掉渡鸦！这根本就不在女王绝妙的计划里。阿拉酷斯感到一阵恐慌，它想不到要用什么方法来应对。

姜饼干仔细地把项圈铺在桌子上晾干，然后跳下沙发，踱到阿拉酷斯身边。"你可真幸运，伙计，

碰上我大发善心救了你一命，"它贴着阿拉酷斯的耳朵嘶嘶地说，"不然你就死定了。"

"嗯，谢谢。"阿拉酷斯低声说。

"知道我为什么会那么做吗？"姜饼干神情狡黠地问。

"为什么？"阿拉酷斯突然有种不祥的预感。

"这是一个测试，"姜饼干说，"我要让你去杀渡鸦。以此来向我证明你已经不是原来的你了。"

"要是我拒绝呢？"阿拉酷斯试探着问，"你……我是说我们……反正都能拿到王冠，没必要再杀掉那群渡鸦了，不过是浪费时间罢了。"

"噢，阿拉酷斯，"姜饼干一张嘴，一股死老鼠的气味扑面而来，"就是这些没意义的话才会给你招来麻烦。所有人都觉得你不想杀死它们。"它难过地摇了摇头。"我听说溺死是一种非常痛苦的死法，特别是对一只猫而言。"

"喳！喳！喳！喳！喳！溺死它！溺死它！溺死它！"喜鹊们扑棱着翅膀，高呼着。

莫名其妙地，阿拉酷斯竟咧开嘴笑了。"我不过是开个玩笑。"说完，它学着姜饼干的样子一根接一根，缓缓地亮出指甲。嘭！嘭！嘭！嘭！"渡鸦藏在哪儿了，快带我去，"阿拉酷斯咬牙切齿地说，"我已经等不及要大开杀戒了。"

14
步步为营

姜饼干和阿拉酷斯沿着来时的泥路，深一脚浅一脚地折回叛徒门。泽尼亚命令几只喜鹊和她待在一起。河水正在回潮，大部分时间，它俩都得蹚着水走。河水擦着大门的底部，涌入又退出，哗哗的水声拍打着耳膜。

"快点，"姜饼干催促着，"在河水涨得更高之前，我们得爬上石阶。"

眼下，潮水逼近得非常快，阿拉酷斯已经沾湿了肚皮。"你们……呃……我是说，我们……怎么带走那些珠宝呢？"

"易如反掌，"姜饼干回答，"等河水涨上来，泽尼亚会打开叛徒门，到时候驳船就能泊在石阶旁了。"

"难道你就不担心，如果我们杀掉渡鸦的话，警察会来找你……呃，我是说，我们……我们会有麻烦？"阿拉酷斯拼命地转动脑筋，想办法阻止他们。

"他们永远也别想抓住我们。"姜饼干咧开嘴，笑着说，

"泽尼亚给那条驳船配备了最新款的俄罗斯涡轮增压发动机，开起来就像火箭一样快。"

阿拉酷斯慢吞吞地走在后面，黏糊糊的烂泥让它没法走得太快。"你能确定它的安全性吗？"

"别婆婆妈妈了，阿拉酷斯！"姜饼干的语气听起来相当恼火，"泽尼亚都安排好了。为了这事儿，她已经准备了好几个月了。万事俱备。"姜饼干夸下海口。

可惜，你还没想好如果遇到鬼的话该怎么办。阿拉酷斯突然想起刚刚在格林塔里偷听到的对话，默默地在心里嘀咕道。

姜饼干和阿拉酷斯挤过叛徒门，急匆匆地奔上石阶。

"这边。"姜饼干说着，先踏上鹅卵石小路，穿过拱门，然后迅速转向左手边。

阿拉酷斯心中了然，它早该想到，这地方完全符合姜饼干的一贯风格，要说藏渡鸦的地点，也只有那儿了……

"考虑到我们要干的事儿，"姜饼干开着玩笑，"这可真是个好名字啊。"

是你想干的事儿吧，阿拉酷斯心里冷哼一声。

"它们在这儿。"姜饼干先爬上一截不高的螺旋楼梯。阿拉酷斯眨眨眼，适应了黑暗的光线。眼前

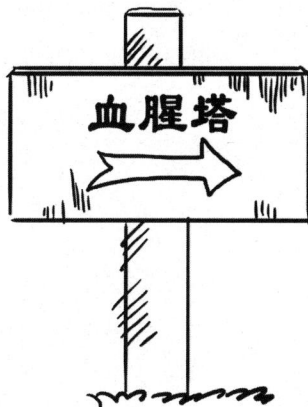

血腥塔

是一间空荡荡的大房间，窗口的厚窗帘用绳子反绑着。

姜饼干悠闲地走到房间的角落。

阿拉酷斯感觉那儿应该是个壁炉。"你干吗呢？"它问，"你该不会是把渡鸦塞在烟囱里了吧？"阿拉酷斯假笑着说，"那可不是个藏渡鸦的好地方啊，你确定它们还没飞走吗？"

"我当然确定，"姜饼干厉声说，"女王还在王位上，不是吗？而且……"它故作神秘地冲阿拉酷斯笑了笑，像是要分享什么肮脏的秘密似的，"这可不是壁炉。"

"那是什么？"这个答案让阿拉酷斯很吃惊。

"是个厕所。"姜饼干掀开盖子，随着它的动作，刺耳的噪音刮过阿拉酷斯的耳膜。"过去他们就用这玩意。过来瞧一下。"

"不用了，谢谢！"阿拉酷斯拉下脸。上厕所的时候它还是希望能保留点私密感，真难想象这玩意怎么用。

"你不是有洁癖吧？"姜饼干奚落道。

阿拉酷斯没搭理它。"那么，渡鸦们在哪儿？"

"在下面呢，"姜饼干说，"拿喜鹊上演了一出狸猫换太子后，我就把它们都扔下去了。一只接一只。扑通！扑通！扑通！"姜饼干咯咯地笑着。

阿拉酷斯没搭茬。"那我们怎么把它们弄出来杀掉啊？"

"不弄出来啊，"姜饼干咧着嘴笑，"你下去就行了。"

"我才不下去呢，"阿拉酷斯想都没想，立刻拒绝，"谁知道这玩意通向哪儿啊。"

"我知道，"姜饼干嘶嘶地说，"这玩意连着一个粪坑。我猜，以前护城河水一满，就会开闸放水把它冲干净。不过现在已经不行了，要么就是找人把屎铲出来。"姜饼干看了一眼阿拉酷斯的表情补了一句，"别担心，现在是干净的。"

"那么，杀了它们之后，我怎么出来呢？"阿拉酷斯不安地问，恐慌感越聚越多，它对幽闭的空间可没有一点儿好感。

"你可以爬上来啊，"姜饼干曲起手臂，炫耀着肌肉，"像我一样。要不然就走到护城河，从那儿出去。"

"护城河？"阿拉酷斯迟疑地重复道。

"没错儿，我就是在那儿发现这地方的，"姜饼干吹嘘着自己的功劳，"有一天我出去抓老鼠时，发现了一根旧管道，顺着它，就走到了粪坑。我想知道这玩意儿究竟通向哪儿，于是就爬了上来。"姜饼干从地板上捡起一根火柴，扔进嘴里嚼了嚼。"后来，泽尼亚让我找一个没人能发现的地方把渡鸦藏起来，我就想到了这个地方。"姜饼干哈哈大笑，"谁能想到去搜查一个古代的厕所啊。当然啦，除了傻蛋。"

"没人能想到，"阿拉酷斯说，"你可真聪明。"一个主意慢慢地浮现在它的脑海中。这儿连着粪坑，粪坑通着管道，再往前是护城河，离护城河不远就是伦敦塔窖和巨人牌传统配方染料店。如果它能走到那儿，再神不知鬼不觉地回来，或许还有机会救渡鸦一命。

阿拉酷斯走到洞口，轻轻地嗅了嗅。一股气息拂面而过，湿湿的，还好没什么异味。"好吧，"它说，"我要下去了。"阿拉酷斯前爪紧抓着洞沿，后腿探进洞口，它努力摸索着能落脚的地方，可惜四壁实在是太光滑了。

"不算太高，"姜饼干的脸悬在它的正上方，"反正，就算掉下去了，"它一边说着，一边伸出爪子，阿拉酷斯下意识地侧了下头，姜饼干锋利的指甲擦着阿拉酷斯的残耳划了过去，"你也还有八条命呢。"

有那么一瞬间，阿拉酷斯甚至开始怀疑这到底是不是一个陷阱啊。渡鸦们真的藏在下面吗？或者，姜饼干把它引到血腥塔的真正目的，不过是为了将它扔进废弃的皇家厕所，让它溺死在一堆四百年前的便便里？这种恶心的死法也就姜饼干才能想得出来！阿拉酷斯的前爪开始打滑。就在这时，下面传来微弱的声响。

"哑！"

是渡鸦。

阿拉酷斯狠狠心，闭上眼睛，松开爪子。凉风从耳边呼啸而过。

扑通！它"砰"的一声摔在地上。阿拉酷斯缓缓地爬起来，四下打量了一下。这是一个小石洞，应该就在伦敦塔下的某处——石洞的四壁被护城河涌入涌出的潮水冲磨得十分光

滑。洞里还有一根锈迹斑斑的铁管，直径大约半米，想必连通着护城河。它面前的大石头上绑着六只渡鸦，和姜饼干描述的分毫不差。

"先别杀它们，"石洞里回荡着姜饼干的声音，"我们要等电工来了才能动手，等珠宝都搬上驳船了，我会给你信号。"

"你要去哪儿？"阿拉酷斯扯着脖子喊。

"回驳船帮泽尼亚去，"姜饼干大声说，"记着，阿拉酷斯，如果你下不了手，我会自己来的。"

渡鸦们哀伤地望着阿拉酷斯，似乎所有的斗争都与它们无关。阿拉酷斯突然意识到，它们或许从一大早就没吃饭，而且竟然被一只姜黄色的虎斑猫塞进屎洞，绑在岩石上，其间可能还要被恶声恶气地对待，谅谁也打不起精神。

"然后再干掉你。"姜饼干的声音渐渐远去。

石洞里一片死寂。阿拉酷斯静静地等了一会儿，确信姜饼干已经走远，才朝那群渡鸦走了过去。它在最大的那只渡鸦面前收住脚步，伸出了爪子。

"你听见你同伙说什么了！"那只渡鸦粗声叫着，"你现在还不能杀我们。"

"别担心，"阿拉酷斯小声说，"它不是我的同伙。我也不打算杀你们，而且我还要把你们救出去。不过你们必须发誓，会帮我拯救王权统治……呃……"

"乔吉娜。"最大的那只渡鸦自我介绍说，"当然，我们发誓，"她点点头，"可是，要怎么做呢？要是跟那只姜黄猫打起来，我们一点胜算也没有啊。"

"我们不会和它正面冲突，"阿拉酷斯冷静地说，"我们想办法吓唬它。"

渡鸦们一头雾水，望着阿拉酷斯。

"姜饼干怕鬼，"阿拉酷斯解释说，"等它一给我信号杀掉你们，我就假装已经得手。然后你们就装成鬼吓唬它。"

"它不会上当的！"乔吉娜说，"鬼是白色的。可我们是黑色的。"

"用不了多久，就不是了。"阿拉酷斯微微一笑，一个接一个地给渡鸦松绑。"在这儿等我回来，"它吩咐道，"我去去就回。"

"你要去哪儿？"乔吉娜急忙问。

"去搞一瓶巨人牌传统配方白胡子染剂啊。"阿拉酷斯笑着说。

"白胡子染剂？！"渡鸦们哑着嗓子尖叫道。

"别担心，"阿拉酷斯接着说，"羽毛也能染。一会儿，你们就会变成伦敦塔有史以来最恐怖的鬼了！"

"哑！"渡鸦们兴奋地叫起来。

"我们要好好吓一吓姜饼干，成为它一辈子的噩梦！"说完，阿拉酷斯爬进铁管，一闪身就不见了踪影。

15
计划受阻

电工们开着白色的小货车穿过护城河，朝伦敦塔驶去。司机摇下车窗。"快拉开铁闸门！"他大声喊道，"我们奉命来解除安防系统。"

"当啷"一声，伴随着"嘎吱嘎吱"的声响，巨大的铁闸门缓缓地拉起。大门底部的铸铁尖角仿佛一排巨型匕首悬在半空，司机紧张地吞了口唾沫。

"当心点儿，爸爸，"小货车后部冒出一个声音，"小心她拦腰斩断我们的车。"

"以前，他们就是这么做的，"另一个声音小声说，"然后再泼上滚油。"

"嘘。"坐在副驾驶席上的人抬手点了点嘴唇，示意他俩安静，"别出声，让爸爸说。"

小货车驶上鹅卵石路，沿着阿拉酷斯和姜饼干刚刚经过的路线往前开。左转，穿过第二道拱门。司机一点一点地将小货车挪到珍宝馆，拉下手刹。"就是这儿了，"他低声说，"准备好了吗？"

另外三个人点点头。车上坐着四名电工，他们都穿着宽大的蓝色工作服，戴着棒球帽。四人彼此交换了一下眼神，然后拉低帽檐，轻手轻脚地溜下小货车，走到车尾，从后备箱里拽出几个硕大的塑料工具箱。

"她在哪儿？"司机小声问，一边将两个箱子拎上台阶。

"我在这儿呢！"泽尼亚·克洛伯的声音回荡在庭院里，"在一个你们看不见的地方！"

"她在用扩音器说话！"第二个电工低声说。

"你说对了，我在用扩音器说话，而且还带了超强型助听器，这就是为什么我能听清你们说的每一句话。"刺耳的声音再次响起。"箱子里装了什么？"泽尼亚·克洛伯问。

"工具！"司机大声回答，"我们需要用这些工具来排除电气故障。"

"你最好别说谎，"泽尼亚·克洛伯喊道，"否则你也别想有好结果。"

"我们说的都是真的！"司机回喊道。希望泽尼亚·克洛伯看不见他藏在身后交叉的手指，司机心想。"是女

王派我们来的。"说完，他转头对其他人说，"走吧，皇家电工队。"

另外三名电工跟着他，往珍宝馆走去。

"慢着！"泽尼亚喊道，"你们站在那儿等姜饼干。它得跟着你们，确保你们不会耍一些小把戏。"

司机下意识地吞了口唾沫。"我……呃……"他嘟哝着。

"你刚刚说了什么？我没听清。"

"那可不行！"第二个电工急忙喊道，"我们工作的时候是不允许猫在一旁看的。"

"为什么不行？"泽尼亚·克洛伯怀疑地问道。

"健康安全法规定的。"第三个电工大声说。

"你说什么，小矮子？"泽尼亚·克洛伯叫道，"助听器收到好多杂音，扩音器似乎会干扰它。"

四名电工彼此交换了一下眼神。

"想个理由！"司机用口形催促着，"快点！"

"它可能会触电。"第四个电工大喊道。

泽尼亚·克洛伯语气不善地甩出一串俄语。接下来是一阵沉默，空气里弥漫着紧张的气息。"那好吧，"最终，泽尼亚还是开口说，"抓紧干，不要磨磨蹭蹭一个晚上。我得去把超强型助听器修好，然后才能动手偷王冠！"

几名电工拎着工具箱隐入珍宝馆，反手关上了身后的大门，扯掉棒球帽。

"唷！"查达警探抵着门，长舒了一口气。

"好险！"查达夫人叹了口气。

"我还以为她要朝我们甩发夹了呢。"迈克尔说。

"万幸，姜饼干没有出现。"凯莉轻声说。

查达警探看了看手表，现在已经半夜12点多了。"我们最好抓紧点儿。"

一行人立刻动身往地窖走去。哐啷！当！哐啷！当！沉重的金属大门被缓缓推开。

"真是太幸运了，克洛伯还没发现白金汉宫可以控制这些东西！"查达夫人小声地庆幸道。

"时间不多了。"查达警探一边拆开工具箱，一边说，"如果让她知道，我们已经解除了安防系统的话，克洛伯肯定会像颗子弹一样杀过来。"他取出一根权杖和一颗宝球，这些物件看起来和陈列柜里放着的别无二致。"现在，我们就利用这些假珠宝也玩一次狸猫换太子。"查达警探捧着宝球，眯起眼睛盯着它说，"真是个绝妙的计划，特别是在克洛伯用喜鹊调包了渡鸦后，这简直是以其人之道还治其人之身！谢天谢地，幸亏女王还留着这些用来参加变装派对的假货。"

"阿拉酷斯在哪儿？"迈克尔忧心忡忡地问，"它该在这儿和我们汇合的。"

"它不会出事儿的，是吧，妈妈？"凯莉不安地问。

"不会的，"查达夫人说，"它一会儿就来了。阿拉酷斯知道我们的计划。"说着，她掏出钱包里的万能钥匙，转眼间就打开了所有的陈列柜。

查达一家安静而迅速地取出陈列柜里的真品，接着替换上仿造品，最后，换下了貂皮加冕袍。

"你觉得这能骗过克洛伯吗？"查达夫人抚平仿制品的假毛领子问道。

"当然能，"查达警探说，"到西伯利亚之前，她都不会发现的。"

"我好担心阿拉酷斯啊。"凯莉心神不宁地说。

"我也是，"迈克尔也是一副忧虑的表情，"它早该出现了。"

"我猜它应该在货车那儿等我们呢。"查达夫人又将陈列柜一个一个地锁上。

查达警探环顾了一下四周。"快收拾好真王冠，赶快离开这儿。"

四个人手忙脚乱地把那些无价的宝贝塞进塑料工具箱，"砰"的一声合上盖子。

然后戴上棒球帽，沿着来时的路退出地窖。

一行人走下台阶，暴露在夜色中。

"搞定了，克洛伯女士，"查达警探气喘吁吁地说，"电气故障已经排除了。"

回答他的是一片沉默。

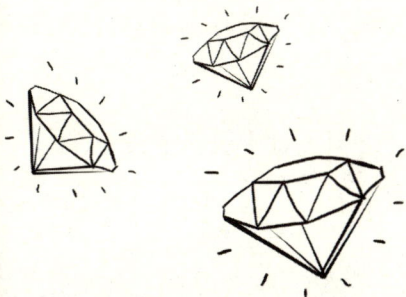

"你现在可以去偷王冠了。"他喘着粗气，随手将重重的工具箱放在货车旁。

安静。

"动手吧，"他接着说，"请随意。"

只有安静。

"她去哪儿了，爸爸？"迈克尔小声问。

"不知道。"查达警探拉开后备箱，拎起工具箱，塞进去。货车晃了晃，矮了一截。嘶嘶嘶嘶嘶！安静的夜色中，这种嘶嘶声显得格外刺耳。

"什么声音？"查达夫人问。

查达警探面色惨白地说："听着像轮胎漏气了。"

"四个轮胎都漏气了。"迈克尔趴在地上，扫了一眼轮胎。

"阿拉酷斯也不在，"凯莉吸了吸鼻子说，"它还是没来。"

"怎么搞的？"查达警探抓了一把棒球帽，难以置信地问。

"先别管是怎么回事了，亲爱的，"查达夫人说，"重要的是我们要怎么处理？"

"我留在这儿保护王冠，"查达警探说，"你们三个回皇宫找局长帮忙，让他派一辆救援车过来。要是克洛伯来了，我就告诉她我们的车抛锚了，我得在这儿等救援。"

"可是，亲爱的，"查达夫人皱着眉头问，"要是她用发夹扎你可怎么办？"

"没关系，"查达警探鼓起勇气说，"只要她上飞机前没发现我们调换了王冠就行。"

"阿拉酷斯在哪儿？"凯莉哭着问。

"也许我们出去的路上就能看见它了。"迈克尔强忍着泪水安慰道。

其实，大家心里都担心着同一件事。要是它遭了姜饼干的毒手怎么办？

查达夫人牵起两个孩子的手。"我保证阿拉酷斯马上就会来，"她语气坚定地说，"没准儿，我们出去的路上就能看见它。就算它没出现，爸爸也会留在这儿等它的。走吧，孩子们，我们得去找人帮忙。"说完，他们就动身往出口走，没一会儿就不见了踪影，只剩下查达警探一个人孤零零地站在夜色中。

16
查达警探遭暗算

嘎吱嘎吱嘎吱！骨碌碌！
嘎吱嘎吱嘎吱！骨碌碌！

查达警探紧张兮兮地左顾右盼，吞了口唾沫，之前，他从旅游指南上看了不少关于伦敦塔的鬼故事。不过，这声音听着不像斧头兵笨重的脚步声，肯定也不是那个一直悲泣的女鬼，更不像北极熊叮叮当当的锁链声。无头女鬼安妮·博林应该没有这么吵吧，查达警探的想象力不受控制地越飘越远。会不会是幽灵车呢？过去都是用那种车送罪犯去行刑的。不然，如果更倒霉点儿，该不会遇上砍完头后用来运送尸体的独轮手推车了吧？要不然就是织针绊在一起的声音，那些老太太总爱一边织活，一边看热闹。不！不！不！查达警探赶紧叫停了已经跑到爪哇国的想象力，再想可就陷在法国大革命里出不来了。

"别瞎想，查达。"他拍了拍脸，好让自己清醒一点儿。

嘎吱嘎吱嘎吱！骨碌碌！

嘎吱嘎吱嘎吱！骨碌碌！

那声音又冒了出来。查达警探瑟瑟发抖，脸色白得跟鬼一样。肯定有什么东西，并不是他瞎想出来的。

"你想怎么样？"他抖着嗓子问。

嘎吱嘎吱嘎吱！骨碌碌！

嘎吱嘎吱嘎吱！骨碌碌！

"我可是空手道黄带。"他对着空气晃晃悠悠地比画了几下。

嘎吱嘎吱嘎吱！骨碌碌！

嘎吱嘎吱嘎吱！骨碌碌！

"我……我以法律的名……名义，命……命令你报上名来，"他底气不足地说，"我……我是……"他本想说自己是警察，但突然想起来万一泽尼亚·克洛伯就在附近，正带着她的超强型助听器监听可怎么办。"……白……白金汉宫的……皇……皇家电工。"他磕磕绊绊地说。

嘎吱嘎吱嘎吱！骨碌碌！

嘎吱嘎吱嘎吱！骨碌碌！

伴随着断断续续的声响，一个长得干巴巴的清洁工推着一辆大型清洗车渐渐从夜色中现出身来。查达警探吓得差点晕过去。那人留着光头，穿着亮橘色的粗布工作服，外面套了一件反光背心。清洗车上搁着两只大桶和几把刷子。

清洗车骨碌碌地朝货车滚去。

"你看着像在等人帮忙，"清洁工看着货车若有所思地说，"等朋友。"

出乎查达警探意料的是，清洁工竟然还朝他眨了眨眼睛。

"我……呃……"

"里面的工具好像很值钱。"清洁工扒着车窗往货车里瞟了一眼。

"唔……呃……"

"你不希望它们被偷，是吧？"清洁工偷偷地扫了一眼周围。

忽然间，一个念头从查达警探的脑海中一闪而过。"是女王陛下派你来的？"他压抑着兴奋小声问。

清洁工点了点头。

"我们该怎么做？"查达警探低声说。

"嘘，"清洁工也压低了声音，"别让克洛伯听见。我得到了指示。"说着，他从工装口袋里掏出一张皱巴巴的纸，递给查达警探。接着又掏出手电筒，打开开关。查达警探借着光线，辨认着纸条上的字。

把真珠宝交给清洁工，

否则……

女王和柯基犬

"否则什么？"查达警探一头雾水地低声问。这不像是女王写的字条，如果说是柯基犬写的，可能性倒是很高。

"否则，可能会被克洛伯发现你们用假货把真珠宝调包了，然后用发夹伺候你一顿，"清洁工不耐烦地说，"快点，我还有其他事儿呢，不能把一个晚上都耗在这儿。"

查达警探迟疑了一会儿，心想：这或许是女王的另一个绝妙计划吧。为防货车抛锚，女王派人假扮成清洁工来支援他，真是神来之笔啊。查达警探拖出后备箱里的工具箱。

"把它们放那里面！"清洁工指着其中一个垃圾桶吼道，"另一个装满了。"

查达警探举起两个箱子，把它们塞进空桶里。

"快点，快点，"清洁工不耐烦地小声嘀咕，"很多地儿要去，很多人要见。"

"我已经尽可能地快了。"查达警探抱怨着。

"快点，我可不能一个晚上都耗在这儿。"清洁工跺着钉头靴，"啪啪"地磕着地面。

"最后一件了。"查达警探手忙脚乱地把最后一个箱子抬上了清洗车。

"早该弄完了！"清洁工厉声说。

"我来推吧？"查达警探好心地问。清洁工看起来太瘦弱了，单凭他一个人像是推不动这么重的东西。

"我能搞定。"清洁工推着垃圾车步伐矫健地向河边奔去。

查达警探得一路小跑才能跟上。"等等我。"他喘着粗气。这位清洁工真是位实力非凡的老前辈，查达警探心想，他肯定出身于精英部队。"希望您不介意我问问，您是哪个部门的？"查达警探气喘吁吁地说。

"呃……SAS部门。"清洁工踩着钉头靴，大步流星地走在鹅卵石路面上，"咔哒咔哒"的声响不绝于耳。

"特种空勤部队？"查达警探上气不接下气地问。

"不，是特瘦七十人团队，"清洁工解释说，"我们接受过类似的特别训练。"

转眼间，他们就跑到了叛徒门。

"剩下的我自己来就行了，"清洁工刹住垃圾车，然后抬手摸了摸脑袋，"你去打个盹儿吧。"

"你什么意思？"查达警探疑惑地问，"我不困。"就在这时，让他感到万分惊恐的事发生了，清洁工在他眼前剥下了自己的头皮，露出了里面灰白色的短发。查达警探下意识地吞了口唾沫。月光下，发夹在发丝中若隐若现，反射出刺眼的光。

"克洛伯！"查达警探倒吸了一口凉气，惊呼道。

"给你个惊喜！"清洁工拔下发夹，瞄准，飞射。

"噢噢。"被发夹击中胸膛的查达警探应声倒地。

"你这个蠢货！"泽尼亚·克洛

伯冷哼一声，"竟然以为用一堆假珠宝就能糊弄伟大的泽尼亚·克洛伯。走，姜饼干，我们找个地方把他藏起来。"

话音一落，第二个垃圾桶里就冒出一颗姜黄色的脑袋。

他俩齐心协力撑起查达警探，把他扔进了附近的哨岗里。

"好啦。"克洛伯把靴子踩得"啪啪"响，"等把这些东西装上船，我嗜血的小花猫，你就可以去找阿拉酷斯和那群渡鸦算账了。"说着，她朝姜饼干眨了眨眼。"你知道该怎么做的。"

"呜呜呜。"姜饼干龇着牙，号叫着。

"记住，姜饼干，"泽尼亚·克洛伯从毛刷上摘下一只蜘蛛，递给它，"阿拉酷斯太调皮了。这次，光嚼碎它的耳朵是不够的。"她狞笑着，看着姜饼干一口吞下那只垂死挣扎的蜘蛛，"连同其他部分也一起咽下去吧。"

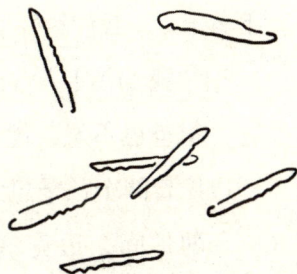

17
恐吓姜饼干

查达夫人领着凯莉和迈克尔急匆匆地往地铁站赶。凯莉哭哭啼啼地说："我不想抛下阿拉酷斯。"她吸了一下鼻子。"我们约好了在这儿见面的！它一定是出了什么事。"

"我知道！"查达夫人无可奈何地说，"我也不想抛下它，爸爸也不想，但是我们得回去找人帮忙！"她一边说着，一边拉着两个孩子急急地走过售票处。

匆忙间，迈克尔向右瞥了一眼。夜色中，伦敦塔若隐若现，高大而森严，脚下的护城河深邃而空旷。这会儿可不是待在那儿的好时候，他心想。

不过，那儿确实有什么东西正窸窸窣窣地穿过草丛。迈克尔收住脚步，仔细地盯着看了一会儿。一团黑色的影子正朝伦敦塔奔去，看起来像动物的身形，借着皎洁的月光，能清楚地辨认出它白色的爪子，脖子上似乎还戴了一个方方的东西。迈克尔僵在原地。

"那是阿拉酷斯吗？"他指着护城河大叫道。

听见他的呼喊，查达夫人和凯莉赶忙凑过来问："在哪儿？"

"我什么也没看见啊。"查达夫人皱着眉说。

不过眨了下眼睛，那只动物已经不见踪影。"我看到它了，"迈克尔一口咬定，"我确定，它就在那儿，在城墙附近。"

"也许只是个影子？"查达夫人安慰着迈克尔。

"不，是它，"迈克尔非常坚持，"我看见它的爪子了。"

"那它的红围巾呢，你看见了吗？"凯莉抽着鼻子问。

迈克尔摇了摇头。"它没戴围巾，不过，脖子上似乎挂着别的东西。"

查达夫人不解地问："它能到哪儿去呢？"

"也许那儿有个地道！"凯莉终于不哭了，她的眼睛闪着兴奋的光芒，"连通城堡和护城河的秘密地道！也许渡鸦们现在还安然无恙，阿拉酷斯正试着救它们出去。"

"但是，如果迈克尔看见的真是阿拉酷斯的话……"查达夫人皱了皱眉，"它并没有往外逃啊，它是要回去！这究竟是为什么？"

"想要找出答案，唯有一个方法。"迈克尔仿佛下定了决心，转身往入口走去。

"迈克尔！！"查达夫人吓了一跳，"你要干什么？"

"我要回去帮阿拉酷斯，"迈克尔喊道，"还有爸爸。"

"等等我。"凯莉追上他的脚步。

"可是，要是碰上泽尼亚·克洛伯怎么办？"查达夫人大声叫道，"还有姜饼干？"

"如果女王陛下不怕他们，"迈克尔鼓起勇气，"那我也不怕。"

"我也不怕。"凯莉昂着头说。

查达夫人叹了口气，一脸的无可奈何。"噢，好吧，我想我最好还是跟你们一起去。"

阿拉酷斯沿着锈迹斑斑的老旧管道，匍匐着，一路从护城河爬进了渡鸦们藏身的地坑。对于一只全世界最了不起的前猫大盗而言，破门而入简直是小菜一碟。它不费吹灰之力就找到了那家巨人牌传统配方染剂店，只消几秒钟就撬开了门锁。偷一瓶染剂不过是一会工夫的事儿，来去无踪更是轻而易举。可这并不意味着阿拉酷斯想这样，它不喜欢，它不想再偷东西了，但是阿拉酷斯告诉自己现在整个国家都处于紧急状态，店主会理解它这只猫大盗的，就算它已经金盆洗手，也有义务使出浑身解数助女王陛下一臂之力。

红围巾碎成了两半，现在最棘手的问题是怎么把染剂带回去。阿拉酷斯在商店里找到了一只方袋子，于是就把它拷在脖子上装染剂。比起围巾，袋子可难控制多了，一动起来就不停地往它的胸口上撞。所幸也用不着坚持很久，顺着生锈的管道，一会儿就能回到地坑。

"哑！"渡鸦们翘首期盼着它。

阿拉酷斯摘下袋子，掏出一个瓶子。

渡鸦们推推搡搡地围拢过来。

巨人牌

传统配方白胡子染剂

瞬间拥有岁月历练

来自海员的强力推荐（也可漂染衣物）

"标签上没提羽毛的事儿啊。"乔吉娜不太确信地说。

"不用担心，"阿拉酷斯说，"泽尼亚给喜鹊们用的是黑色染剂，用这瓶就能洗掉。"说着，它又从袋子里掏出一瓶，"这瓶是脱色剂。"

"好吧，"乔吉娜妥协了，"动起来吧。快，伙计们，谁先来？"

姜饼干走进血腥塔。最棘手的工作完成了，真正的王冠已经被搬上驳船，假冒的那些则被所谓的电工调包换进了陈列柜。想到这里，它咯咯地笑起来，愚蠢的人类啊。（当然，不包括泽尼亚。）那群装模作样的皇家电工是它所见过的最白痴的一伙，特别是那个司机。还真把泽尼亚当成清洁工了！泽尼亚骗他们说助听器出了点毛病，他们也信以为真！真是一群傻瓜，它好好的呢！这群笨蛋在他们背后嘀咕的每一个字，泽尼亚和它都听得一清二楚。

当然，还有阿拉酷斯耍的所有把戏。

姜饼干没用多久就意识到所谓的电工其实是查达一家人，而喜鹊吉米说的也句句属实。阿拉酷斯·利爪是一只宠物——一只爱欺骗，爱撒谎，说一套做一套的卧底宠物。它是个叛徒，它要为自己的所作所为付出代价。

姜饼干走进藏匿渡鸦的房间。这一刻，它期盼已久。锋利的爪子刺穿货车轮胎，享受着嘶嘶的漏气声是很有趣，但这种乐趣怎么能和血刃渡鸦相提并论呢。至于阿拉酷斯，姜饼干还没想好，是就地了结它好呢，还是把它拖回驳船按进烂泥里溺死好呢？阿拉酷斯十分宝贝自己的白爪子，从不染指任何肮脏的东西。唔……果然，还是烂泥更合适：对于一只养尊处优的宠物猫而言，还有比这更好的下场吗。

姜饼干轻手轻脚地朝洞口走去。它还不想让阿拉酷斯发觉自己已经知道了事情的真相，它要出其不意地捉住它。

"阿拉酷斯，"姜饼干轻声呼唤，"是我，姜饼干。珠宝已经得手了。"

没有回应。

"是时候处理掉渡鸦了。"姜饼干把脑袋探进洞口，它的声音在洞壁间来回反射，形成了奇怪的回响。

"处处处理理理掉渡渡渡鸦鸦鸦鸦鸦……"

"要是你下不了手的话，"姜饼干嘶嘶地说，"我来。"

"我来……我来……我来……"洞口冒出了一模一样的话。

可惜，那不是它的声音。

姜饼干一个激灵，赶忙跳开。

"谁在那儿？"它夯着胆子问。

"我们是被你囚禁的渡鸦的鬼魂。"颤巍巍的声音从洞口腾起，在房间里不断回荡。

"你什么意思？"姜饼干的毛发仿佛钢针般根根直竖。

"我们已经被你的同伙阿拉酷斯·利爪杀害了，"那个声音继续说，"这都是你的意思，姜饼干大人。伦敦塔马上就要塌了，虽然利爪跑了，但是你还在，我们要生生世世地缠着你……啊哈哈哈哈哈哈哈哈哈。"

"贪吃鬼，如果是你，"姜饼干恶狠狠地说，"那你就死定了。"

"说话的可不是什么贪吃鬼，"颤抖的声音接着说，"是我们，是被你害死在血腥塔里的渡鸦们……哑哑哑哑哑哑！"

"我不相信，"姜饼干抖得跟筛子一样，"你们不是真的鬼，是装出来的。"

"那我们就出来给你看看吧。"那个声音有气无力地说。

"不要！"姜饼干现在才体会到什么叫毛骨悚然，"没这个必要，真的，我要走了。如果你们死了，整个伦敦塔都会坍塌。"

"首当其冲的是白塔，"空洞的声音高声叫道，"一旦斧头兵、悲泣女和可怜的无头女鬼安妮·博林发现这一切都是拜你所赐，你就自求多福吧。"

"可是我啥也没干啊！"姜饼干吼道，"是利爪。"

"可这都是你的意思，当然也得由你来面对可怕的诅咒。"冷酷的声音不断地回响，"我们来了……"

翅膀颤动的微弱声响萦绕在它的耳畔。

姜饼干惊恐地瞪大了双眼，洞口接连飞出了六只白色的鸟。啪嗒！啪嗒！啪嗒！啪嗒！它们盘旋在姜饼干的面前。

最大的那只瞪着黑色的眼睛直视着它。"你逃不掉的……"接着，几只鸟一股脑地朝它俯冲过来。

巨大的恐惧压得姜饼干喘不过气来，慌慌张张地掉头就跑。

"哑！哑！哑！"

"哑！哑！哑！"

六只渡鸦落到地面上，捧腹大笑。

"做得好，伙计们！"乔吉娜鼓舞着士气，"我已经很久没飞这么远了！现在让我们齐心协力把阿拉酷斯拉上来吧。"说完，它们一蹦一蹦地跳到窗帘旁，解开绳子，再接在一起，打上死结，然后拖到洞口。"准备好了吗？"乔吉娜冲下面喊道。

"准备好了。"阿拉酷斯的声音从洞底飘了上来，"顺便说一句，干得漂亮。我真希望能亲眼看看姜饼干是一副什么表情。"

"它吓得魂儿都丢了，"乔吉娜咯咯地笑着，"来吧，伙计们，哟嗬。"乔吉娜用有力的尖嘴叼住绳索的一端，将另一端一点一点地垂进洞口。其他的渡鸦也如法炮制。很快绳索就绷直了，渡鸦们用尽全力拽紧绳子。

阿拉酷斯抓紧绳索。慢慢地，一寸一寸地，奋力往上爬。

"唷！"阿拉酷斯精疲力竭地瘫倒在地，扯掉挂在脖子上的硬纸袋。"不好意思，我可能比你们预想的重了点儿。不过，我想你们或许需要这个。"原来袋子里装的是一瓶巨人牌脱色剂。

"谢谢你，阿拉酷斯。"乔吉娜吐掉绳索，问道，"等我们重新变回黑色后，该做些什么呢？"

"回渡鸦围栏那儿去，躲在小木屋里，等罗恩回来，"阿拉酷斯对乔吉娜说，"那里是最出乎克洛伯意料的地方，她肯定以为你们已经死了。"

说完，阿拉酷斯急匆匆地奔向旋转楼梯。

"你要去哪儿？"乔吉娜问。

阿拉酷斯咧开嘴，笑着说："我要去找我的家人了。"

18
查达一家相逢

"喳！喳！喳！喳！喳！"

驳船上，喜鹊们叽叽喳喳地吵闹个不停。眼下，泽尼亚正在甲板上摆弄俄罗斯最新的涡轮增压发动机，为最后的潜逃做准备。而姜饼干则跑出去收拾那群渡鸦和阿拉酷斯了。现在，轮到它们给自己找点儿乐子了。

"唔，"恶棍说，"这件配我吗？"几只喜鹊偷偷打开了塑料工具箱，把偷来的东西翻出来，挨件比量。贪吃鬼、傻蛋和大胃横七竖八地躺在戒指和宝球堆上。吉米正仔细地研究着王冠，恶棍和柴刀则相互依偎着，蜷缩在貂皮加冕袍下。

"和你蓝色的翅膀简直是绝配。"柴刀对它说。

"好柔软！"恶棍拿脸蹭着貂皮，"做成窝的话一定特别舒服。唔，吉米，你能造一个这样的窝吗？"

"你指的一定是国王吉米！"吉米的声音从王冠下冒出来，"等我们回到立托顿镇，我也要弄一个这样的玩意，肯定会为我的形象大大加分。"

"耶，太棒了，老大，"贪吃鬼拍起了马屁，"真像国王。"

就在这时，姜饼干回来了，夹着尾巴跑回来了。

喜鹊们不可思议地盯着它。

"你怎么了？"傻蛋问。

"你看起来就像见了鬼似的！"恶棍痴痴地笑着说。

"是见鬼了！"姜饼干吼着，"还不止一只鬼！是六只！"

"什么？"吉米一把推开王冠，跳上桌子。

"那群渡鸦！"姜饼干像是被谁掐住喉咙般哭喊道，"利爪杀了它们。"

"这不是你吩咐它的嘛，"傻蛋说，"有什么不对吗？"

"可我还没给它信号让它动手呢，"姜饼干大叫道，"是它自己擅作主张，解决完渡鸦就不知溜到哪儿去了，现在那群渡鸦的鬼魂冲着我来了！"

"你确定？"柴刀问。

"当然。"姜饼干绝望地闭上双眼，"它们从屎洞里飞出来，全身雪白，让人毛骨悚然。"它不自觉地打了个寒战。"它们说冤有头债有主，它们还说我受了诅咒！"为了强迫自己不去回想，姜饼干把发夹一个接一个地浸进安眠药的绿瓶子里。

"等一下，"恶棍挠着屁股说，"如果渡鸦死了，那白塔为什么还没倒？人们也该起来造反啦。"

"什么，像傻蛋那样吗？"柴刀戏谑地说。

"喳！喳！喳！喳！喳！"

"可能还得等一会儿，"姜饼干痛苦地说，"我不知道。或许我们该趁现在赶快离开这儿，等等！"它嚷嚷着，"这不是安眠药。"银色的发夹尖端变成了黑色。"这是泽尼亚的黑色染剂。"

"染剂！"吉米若有所思地重复着，突然，它的声音变得刺耳起来。"我怀疑……"它瞥了一眼瓶子，"阿拉酷斯·利爪也玩了染剂的把戏。"

"你什么意思？"姜饼干愣愣地问。

"勋爵庄园那次，它就是靠把自己染白才骗过我们的，"吉米说，"它假扮成一只波斯猫，才逃过了我们的注意，混进了会场。"吉米歪着头，皱着眉思索着。"染剂店在哪儿？"

"伦敦塔窖55号。"柴刀读着标签上的地址。

"就在护城河的对岸。"吉米的眼睛闪着金光，"利爪有可能到对岸去吗？"

"屎洞里确实有一条路通往护城河。"姜饼干皱着眉说，"洞里面有一根管道。"

"利爪知道吗？"吉米一针见血地问。

姜饼干点点头。"我告诉它了。"

"那就解释得通了。"吉米耸了耸肩，"还有什么比让像阿拉酷斯·利爪这样的前大盗溜进巨人商店更简单的事儿吗？

更别说偷一瓶白色染剂，把渡鸦染白了，简直是易如反掌。"

"可是……"

"换个角度想吧，姜饼干，"吉米打断了它的话，"白塔没有崩塌，女王也还在王位上。柴刀说得没错儿——这儿唯一一个起来造反的家伙就只有傻蛋。你也没见鬼。你看见的不过是一群用巨人牌白色染剂染白了的渡鸦。我不想说我曾经提醒过你，但是我确实提醒过你。阿拉酷斯·利爪就是个叛徒，是个骗子。它耍了你，又一次耍了你！"

一时间，船舱里鸦雀无声。六只喜鹊的目光都胶着在姜饼干身上。

"噢喔，"恶棍说，"它看起来像要下蛋似的。"

"呜呜呜啊啊啊啊啊啊啊！"姜饼干突然间疯了似的抓狂起来。它一巴掌拍飞了染剂，浑身炸毛，跳上沙发狂挠，又把一碗发夹甩到地上。最后，它借着木头桌子磨起了爪子，锋利的碎屑溅得喜鹊们满身都是。姜饼干的脸扭曲成可怕的样子，咬牙切齿地咆哮着："那……只……猫……死定了！"说完它就化成一道姜黄色的光，破门而去，消失在夜色中。

"什么声音？"

查达夫人正领着凯莉和迈克尔，在伦敦塔里寻找阿拉酷斯和查达警探的踪影。

"听着像狼人的嚎叫声。"迈克尔抬起头，看着头顶的满月说。

"更像猫人。"查达夫人小声嘀咕。

"我希望阿拉酷斯一切都好。"凯莉哽着嗓子说。

"嘘！"查达夫人一把将两个孩子拉进暗处，躲了起来。

下一秒，姜饼干就咆哮着从他们身边跑了过去。

"你们说它会不会已经知道阿拉酷斯在哪儿了？"迈克尔问。

"看它的表情，我觉得它肯定知道，"查达夫人打了个冷战，"我们得在它之前找到阿拉酷斯。"

"还有爸爸。"凯莉抽了抽鼻子。

"嗷嗷嗷嗷嗷！"

呻吟声就在这附近。

查达夫人和两个孩子僵了一下。

"可能是风声。"查达夫人不安地说。

"嗷嗷嗷嗷嗷！"

"现在没刮风。"迈克尔面色苍白地提醒查达夫人。

"嗷嗷嗷嗷嗷嗷嗷！"

三个人惊疑不定，草木皆兵，一点一点地转过身去。

"爸爸！"凯莉大喊道。

查达警探跌出哨岗，正躺在地上。

查达夫人跪在丈夫身边，查看了一下，冷静地断定："他被发夹扎晕了。"然后，她贴着查达警探的耳边，温柔地说："亲爱的，别乱动。"

"我没事，"查达警探挣扎着想要坐起来，"就是有点头晕。"他揉了揉额头。"那个巫婆呢，克洛伯去哪儿了？"

"我们也不知道，爸爸，"迈克尔问，"真的王冠在哪儿？"

"被克洛伯拿走了，"查达警探虚弱地解释道，"她假装成清洁工，还说自己是女王派来的。"查达警探勉强撑着手肘坐起来。"她把那些东西运到了河边，一定已经搬上船了。"

"驳船！"迈克尔突然嚷道，"我敢打赌她一定是藏在那条驳船里。"

"没错！"查达夫人也恍然大悟。

查达警探撑起另一只手肘，接着说："我们一定要赶在她到达机场之前阻止她。"

"我估计她还没走，爸爸，"迈克尔说，"我们刚刚看见姜饼干了。没有它，克洛伯是不会离开的。"

"渡鸦怎么样了？"查达警探摇摇晃晃地站起身。

"我们还不知道它们在哪儿，不过应该很安全，"查达夫人说，"多亏了阿拉酷斯。"

"阿拉酷斯去哪儿了？"查达警探凝视着暗夜，踉踉跄跄地问，"你们找到它了吗？"

"还没！"凯莉神情沮丧，"我们觉得姜饼干正在找阿拉酷斯。几分钟前，它刚刚跑过去，像疯了似的。"

　　"要是被它发现阿拉酷斯是卧底的话，它一定会杀了它的！"迈克尔惊呼道，"快点，爸爸！我们得做点什么帮帮阿拉酷斯。"

　　查达警探扶正了电工帽。"我是不会允许克洛伯的坏猫伤害我的部下的，"他神情坚毅地说，"它刚刚往哪个方向去了？"

19
姜饼干的追击

阿拉酷斯循原路折回，穿过庭院，它要去看看查达一家是不是还在珍宝馆门口等它呢。可出乎它意料的是，珍宝馆门口就只剩下一辆抛锚的货车，孤零零地停在那里。阿拉酷斯愣在原地。他们去哪儿了？王冠出什么事儿了？

"呜呜呜啊啊啊啊啊啊！"

阿拉酷斯寒毛直竖，是姜饼干。

糟糕，它都知道了！

阿拉酷斯没时间去考虑姜饼干是怎么知道的。它首先想到的是渡鸦是不是安全，然后才是它自己。阿拉酷斯冷静了下来，好好合计了一下，现在的状况应该恰好反过来。姜饼干已经把那群渡鸦忘得一干二净了，眼下心心念念想的都是怎么报仇。

阿拉酷斯按原路横穿庭院，躲进暗处。血腥塔旁的拱门是离开这儿最快的路径，但是也最容易被姜饼干发现。它得万分小心才行。谁知，刚走了一半，阿拉酷斯就听见有人在喊它的名字。

"阿拉酷斯！"

它简直不敢相信自己的耳朵，是迈克尔！

"阿拉酷斯！"

还有凯莉！

"阿拉酷斯！"

查达警探和查达夫人也来了！

阿拉酷斯的心软成一团。查达一家一直在等它，他们还试图赶在姜饼干之前找到他。兴高采烈的阿拉酷斯朝着声音的方向扑了过去。

"它在那儿！"

查达一家人走到格林塔旁，一看见阿拉酷斯的身影也赶忙朝它跑过去。

阿拉酷斯一跃，扑进了凯莉的怀里。

"阿拉酷斯，见到你可真高兴！"凯莉把脸埋进它的毛里。

"我们担心死你了！"迈克尔搔了搔它的耳朵。

"我们还以为那只可怕的姜黄猫已经找到你了呢！"查达夫人握着它的小爪子。

"做得好，你保护了那群渡鸦！"查达警探挠着它的肚皮说，"真不愧是一只警猫。"

阿拉酷斯愉悦地咕噜起来。

"呜呜呜啊啊啊啊啊啊！"

一瞬间，阿拉酷斯浑身的血液都凝固了。

查达一家缓缓地转过身。

不远处，姜饼干正从血腥塔的方向一步一步地朝他们走来，一对耳朵紧贴着脑袋，怒气冲天。

"我来处理。"查达警探向前跨了一步，像指挥交通似的抬起手，示意姜饼干站住。"待在那儿别动。"他命令道。

阿拉酷斯紧张地吞了口唾沫，它可不觉得这是个好主意。显然，查达警探还没有清楚地意识到姜饼干的厉害。

姜饼干没有理会他的话，脚步没有丝毫迟疑。

"亲爱的……"查达夫人迟疑地开口。

查达警探摇了摇头。"现在不行。"他又举起另一只手，大声喊道，"我说，站住。"

姜饼干充耳不闻。它脚步稳健，一双淡蓝色的眼睛死死地盯着阿拉酷斯。

恐惧让阿拉酷斯忍不住地发抖。查达警探根本就不是姜饼干的对手。

"好吧，姜饼干，如果你想要找麻烦的话……"说着，查达警探从工作服的口袋里摸出一副手铐，扬了扬，"那就试试这个吧。"

姜饼干像是才看见查达警探似的。它收住脚步，充满敌意地瞪着他。"嘶嘶嘶嘶嘶嘶嘶嘶。"

"这才像话嘛，"查达警探又往前迈了一步，"你可能会感到惊讶，姜饼干，但是我并不是真的皇家电工，我是一名警察。"

阿拉酷斯恐惧地攀住凯莉。

"嘶嘶嘶嘶嘶嘶嘶嘶。"

"我现在要以涉嫌盗窃王冠的罪名逮捕你。"查达警探朝姜饼干迈了一大步，"你有权保持沉默，但是你每'喵'一声，都有可能成为在法庭上控告你的证据。"

话音刚落，一抹姜黄色的闪光瞬间划过。

"嗷啊啊啊啊啊啊！"查达警探四仰八叉地躺在地上，身上站着姜饼干。咔嗒！是清脆的金属声。"该死的姜饼干把我铐住了！"

姜饼干跳到地面上，锋利的牙齿衔着手铐的钥匙，低沉地咆哮着。它一甩头，把钥匙扔得远远的。

"嘶嘶嘶嘶嘶嘶嘶嘶。"姜饼干瞥了一眼阿拉酷斯，然后将淡蓝色的眼睛转向了迈克尔和凯莉。嘭！嘭！嘭！嘭！它一根一根地亮出右爪的指甲。嘭！嘭！嘭！嘭！接着是左爪。

阿拉酷斯惊恐地看着它。

"别害怕，孩子们，"查达夫人挡在两个孩子身前，抖着嗓子说，"不会有事的。"

就在那一刻，阿拉酷斯清楚地意识到，自己对查达一家人的爱胜过了整个世界。它知道除非自己站出来，否则事情将不可收拾。姜饼干是全世界最卑鄙的猫，它想要的，而且唯一想要的，只有它阿拉酷斯！姜饼干一点儿也不在乎会不会伤及无辜——就算女人和孩子，它也没有丝毫的怜悯。现在，摆在眼前的只有一条出路。想到这里，阿拉酷斯扭动身体，挣脱出凯莉的怀抱。

"阿拉酷斯！"

仿佛没听见查达一家人的呼喊一样，阿拉酷斯飞奔着从姜饼干身边跑了过去。

眼前的变化让姜饼干始料未及。"呜呜呜啊啊啊啊啊啊！"它愤怒地咆哮着，转过身，跟在阿拉酷斯身后穷追不舍。

20
腹背受敌

阿拉酷斯跑过血腥塔，穿过拱门，踏上鹅卵石小路。忽然，它猛地停了下来。前面就是叛徒门了。有那么一会儿，它考虑着要不要跑下石阶，沿着泥泞的河床，在离驳船远一点儿的地方寻一个背阴处躲起来。姜饼干肯定想不到去那里找它，因为它知道阿拉酷斯最讨厌泥浆。不过，很快，阿拉酷斯的美梦就被现实击碎了，河水拍打石阶的声音不断地敲击着它的耳膜。涨潮了，下去也无路可逃，只是泥泞的死路一条。

阿拉酷斯不经意地扫了一眼右手边，望了望护城河上的大桥和铁闸门。这一眼就让它僵在原地。泽尼亚·克洛伯就站在离它几步之遥的地方。嗖！一只发夹擦着它的胡须飞了过去，叮当一声砸在地上。它眼看着泽尼亚再次抬起手，摸索着头发，阿拉酷斯知道第二轮攻击马上要来了，这次她可不会再失手。当务之急是赶紧找路逃走。

"呜呜呜啊啊啊啊啊啊！"身后，姜饼干越逼越近。

阿拉酷斯全速向左冲去。伦敦塔桥就在前面，桥上的灯光点亮了夜空。只要它能上桥，就有机会绕到地铁站找人帮忙，或者直接冲到河的另一边，警察局局长在那儿布置了一些警察站岗。其实它往哪儿跑都不重要，重要的是无论它跑向哪边，姜饼干都会跟着它。只要姜饼干一直追着它，那么它就没机会伤害查达一家人，渡鸦和女王也就安全了。

看见右手边有个通道，阿拉酷斯便急急地跑过去。才一踏出去，它冷不防地发现自己竟站在泰晤士河上空的走道上。阿拉酷斯稳了稳神，转身向左，奔向了伦敦塔桥。

"呜呜呜啊啊啊啊啊啊！"身后的姜饼干越来越近。

阿拉酷斯使出吃奶的力气往前跑。腿好疼啊，它心想，这就是作为一只宠物猫的困扰，你不可能像猫大盗那样有足够多的运动。要是还有机会回到立托顿镇，一定得想点办法改善一下。或许可以和咪咪一起多散散步。唔，现在可不是想咪咪的时候啊，阿拉酷斯在心里提醒自己。它气喘吁吁地跑到走道尽头，费力地登上与大桥相连的陡峭台阶。阿拉酷斯连回头的时间都没有，姜饼干已经快要追上来了。那个姜黄色家伙的叫声越来越刺耳，疯狂地折磨着阿拉酷斯的耳膜。

"呜呜呜啊啊啊啊啊啊！"

阿拉酷斯咬着牙往上爬，台阶似乎没有尽头。它的心脏像是战鼓般被擂得咚咚响，四只爪子都酸痛得不像自己的。别停，它不断地对自己说，姜饼干离查达一家人和渡鸦越远，他们就越安全。它挣扎着登上了最后几级台阶。

"嘶嘶嘶嘶嘶嘶嘶嘶。"不过几秒钟，姜饼干就赶了上来，"你自找的，利爪。"

阿拉酷斯慌张地四下张望，试图决定一个方向。可它竟然不知道怎么从这儿去地铁站，也不知道怎么才能找到警察局局长布置在河对岸的警察！它沿着桥走了几步。

"还有什么要说的吗？"这时，姜饼干也爬了上来。阿拉酷斯一步一步地后退。现在已经别无选择了，只能过桥。疲惫的阿拉酷斯跌跌撞撞地奔向对岸。太累了，就像爬山一样。大桥似乎变得越来越陡，它都快要贴在地上了，丁点儿力气也不剩，一步也迈不动了。阿拉酷斯往后瞥了一眼，姜饼干也慢了下来，紧跟着它往上爬，仿佛一头随时准备扑上来的狮子，一双淡蓝色的眼睛盯在它身上。阿拉酷斯甩了甩头。一定有什么地方不对，大桥怎么会变得越来越陡呢！这不是它的想象。究竟是怎么回事儿？

"喳！喳！喳！喳！喳！"

阿拉酷斯抬起头，五只喜鹊盘旋在它的头顶，叽喳地叫着、笑着。

"快来偷我的貂皮啊？"恶棍嘲弄道。

"间谍猫！"柴刀嘎嘎地叫着。

"姜饼干会把你咬得稀巴烂！"贪吃鬼满意地说。

"怎么回事儿？"阿拉酷斯强装出一副理直气壮的模样问道。它发觉自己正往姜饼干的方向滑去，赶忙用力抓住地面，稳住身形。

"这可比戏弄那些知更鸟有趣多了！"大胃咯咯地笑着说。

"差不多和往水槽里拉屎一样有趣吧！"傻蛋附和道。

喜鹊们扑棱着翅膀，叽喳地叫闹着。

> 阿拉酷斯掉下来，
> 掉下来，
> 掉下来，
> 阿拉酷斯掉下来，
> 喜鹊的功劳。

"快告诉我这究竟是怎么回事儿！"阿拉酷斯真想把它们一只一只地扑下来，可是它做不到，因为眼下它的两只前爪都忙着抓牢地面，根本抽不出来。

"我以为你已经猜到了呢。"柴刀嘎嘎地叫着。

"是呀，你不是很聪明吗，阿拉酷斯·利爪。"恶棍哑着嗓子说。

"吉米现在就在控制塔里呢。"大胃"大度"地解释道。

"是它吊起了大桥。"贪吃鬼哈哈大笑。

"你应该猜得到啊，小猫咪！"傻蛋在一旁起哄。

阿拉酷斯扭过头，透过高空控制塔的窗口，它能够勉强看清喜鹊吉米的轮廓。此刻，吉米的小尖嘴里还衔着控制杆。现在，阿拉酷斯总算都弄明白了。之前，它曾在查达夫人的旅游指南里看过伦敦塔桥的照片。当有船要通过的时候，伦敦塔桥就会从中间分开，然后分别向两边吊起。这正是眼下的状况！这也解释了它为什么感觉自己像是在爬山。这和爬山有什么分别！

"放弃了，利爪？"

阿拉酷斯感觉一双锋利的爪子摸上自己的尾巴，它连忙及时抽开。"别想！"它嘶嘶地叫着，奋力朝桥顶爬去。

"上一次我就该杀了你。"姜饼干已经近在眼前，阿拉酷斯甚至能闻到它嘴里的死老鼠味儿。"江山易改，本性难移，我早该想到你根本没那个胆量杀掉那群渡鸦。"

"我不喜欢杀戮。"阿拉酷斯说。反正也快死了，或许它应该把真相告诉姜饼干。"我不会那么做的。无论是你，还是克洛伯，或者任何什么人都没法强迫我那么做。多亏了我，渡鸦们毫发无损。我为此感到骄傲。"

"这对结果没有丝毫的影响，"姜饼干愤怒地打断了它的话，"泽尼亚和我得到了我们想要的王冠。查达一家人竟然想用那么拙劣的伪装糊弄我们，太愚蠢了！毫无疑问，泽尼亚轻轻松松就摆平了那个警探。现在，所有的东西都已经搬到驳船上了。"

对阿拉酷斯来说，这确实是个新消息。不过现在，王冠什么的已经不重要了。渡鸦们没事，查达一家也安全，女王还在王位上。阿拉酷斯觉得女王陛下会为它感到欣慰的。

"人可比王冠重要多了，姜饼干，"阿拉酷斯低声说，"友谊和忠诚也一样。有些事你永远也不会明白。"

忽然，一道姜黄色的光朝它猛扑过来。啪！下一秒，阿拉酷斯就扒在大桥边缘，荡在半空中。姜饼干稳稳地坐在它的上方，看起来稳操胜券。阿拉酷斯低头看了一眼脚下，皎洁的月光下，深不见底的河水闪着粼粼波光。距离河岸不远处，克洛伯的驳船正慢悠悠地朝这边驶来。河面上还有另一条船，正从相反的方向快速开过来。阿拉酷斯茫然地想着，警察局局长会不会在那条船上，或者莫妮卡·敏特，不然女王陛下也行。都无所谓了，一切都来不及了。阿拉酷斯头晕目眩，脑子里一团糨糊，爪子疼痛难忍。

"别跟我谈什么忠诚，利爪。"姜饼干的脸杵在它面前。喜鹊们在它脑袋周围扑棱着翅膀。"你的选择跟我一点儿关系也没有。"嘭！嘭！嘭！嘭！"再见……"姜饼干掐住阿拉酷

斯的喉咙，"……手下败将。"说完，它一把将阿拉酷斯推下
大桥。

　　"喳！喳！喳！喳！喳！"

　　闭眼之前，阿拉酷斯只记得喜鹊吉米瞪着一双发狂的眼睛
朝它俯冲过来。

21
塔克夫妇的出现

夜风从耳边呼啸而过，吹乱了它的毛发。阿拉酷斯感觉自己不断地坠落……坠落……坠落……冰冷的河水马上就会涌上来，将它吞没。往事一幕一幕地从它面前闪过：同姜饼干和克洛伯一起度过的童年时光，只身逃到蒙特卡洛市，成为猫大盗后的飘零生活，和喜鹊帮为伍的日子，住进查达家后的幸福点滴，还有塔克夫人装满新鲜沙丁鱼的篮子……伴随着耳边河水的咆哮，阿拉酷斯闭上了眼睛。

砰！它降落在一团柔软物上。耳边河水的咆哮声不见了。

只剩下不绝于耳的引擎声，噗——噗——噗——噗——

阿拉酷斯抽了抽鼻子，一股鱼腥味。它闭着眼睛，伸出爪子，摸到一团乱糟糟、毛茸茸的东西，还夹杂着些许碎末。阿拉酷斯随便一抓，张大嘴巴往里一扔。唔，沙丁鱼碎末！难以抑制的兴奋感油然而生。怎么可能！莫非？

"你没啥事儿吧，阿拉酷斯？"一声低沉的男音鼓动了它的耳膜。

"我们已经全速往这边赶了。"紧接着是个大嗓门的女人。"目测没什么大碍，"那个女人不以为然地说，"我们付钱让你来度假，可不是让你跳桥的啊。就说嘛，可不能随便带着猫旅行！"

"喵！"阿拉酷斯欢呼雀跃地睁开眼。它简直不敢相信眼前的一切，原来，自己竟摔在了老塔克的针织套衫里！塔克夫人也来了。他们站在一艘坚固的小艇里，摇曳在泰晤士河上，背着双手，笑盈盈地望着它。

"埃德娜觉得你可能需要有谁给你搭把手。"老塔克咯咯地笑着，温柔地将它抱出针织套衫，轻轻地放在一堆渔网上。"所以我们就放下手里的活计，跳进我那条锈迹斑斑的老渔船，全速往这儿赶了！"说着他打了个哆嗦。"刚刚看见你挂在大桥边上，我还以为赶不上了呢。真走运，我们居然成功了。"

"喵？"阿拉酷斯不解地叫了一声。他们怎么会知道它有麻烦了呢？

"我想你肯定好奇，我们是怎么知道你遇上麻烦了的。"塔克夫人瞪了它一眼，"更不要说你就是那种总爱惹麻烦的猫！"

阿拉酷斯不好意思地耷拉下一只耳朵。

"没事的，阿拉酷斯，"老塔克小声安慰道，"她不是那个意思。我还从未见过她

这么担心过谁呢。"

"你可真幸运，"塔克夫人故意装出一副生气的样子，"我们看到了克洛伯的电视广播。于是，我就拨通了首相专线。是他告诉我，你已经被女王召见进宫，他还邀请我也一起加入这个计划。"

阿拉酷斯眼睛一眨不眨地盯着她，抽了抽胡须。塔克夫人？给首相打电话？专线？

"没必要这么吃惊，阿拉酷斯，"塔克夫人大声说，"我这辈子可不是一直都在洗鱼钩、杀鱼。在没嫁给老塔克之前，我叫埃德娜·威尔卡，也是名特工。"

阿拉酷斯惊讶得合不拢嘴。塔克夫人，特工？

"给你。"塔克夫人从篮子里掏出一条沙丁鱼，塞进它的嘴巴里。"那时候我供职于军情六处，我的任务就是抓捕克洛伯。"塔克夫人眯缝着眼睛回忆道，"有好几次我都差点得手，不过她总是能用伪装混过去，更别提她总爱使阴招——飞发夹了。"

"首相觉得如果你接手这起案子，为女王陛下效力的话，阿拉酷斯，"老塔克接过话茬，"这对于埃德娜而言，或许也是个抓捕克洛伯的好机会。"他点燃烟斗，猛嘬了一口。

"对极了，我肯定会的！"塔克夫人信誓旦旦地说，"要是有谁……"她冲阿拉酷斯晃了晃指头，"能尽快给我讲一下来龙去脉的话，我这次肯定能一举抓获她。那群恶心的喜鹊已经在我的掌握之中。至于那只姜黄色的凶猫，葱饼干还是什么的，管它叫啥名字呢，也别想逃出我的手心。亡羊补牢，为时未晚。"说着，她撸起袖子。"赫尔曼，把我的夜视望远镜拿来，"她吩咐道，"我们得抓紧时间了。"

老塔克喤啷喤啷地踏过甲板。"都怪这条该死的木腿，"他一边走，一边咒骂道，"尽拖我的后腿，让我走得比乌龟还慢。"拿了双筒望远镜，老塔克又喤啷喤啷地走了回来。

"快递给我。"塔克夫人一把夺了过来。

"你看见什么了，埃德娜？"老塔克急切地问，随手熄灭了发动机，让小艇泊在河面上，"有海怪吗？"

"别傻了，赫尔曼，这儿是泰晤士河，又不是太平洋。"她调了一下焦距，"那个什么饼干正从桥上走下来，它站在走道那儿，像是在等什么东西。"

驳船！阿拉酷斯心想。

"等一下……"塔克夫人调整了一下望远镜，"有条驳船停在那儿，那个什么饼干正朝那边走过去。它跳上船了，身后还跟着喜鹊帮。"

"你看见克洛伯了吗？"老塔克问。

"把舵后面站着一个人。"忽然，塔克夫人深吸了一口气，"没错儿，就是她——我看见她头上插着的发夹了。"

阿拉酷斯也看见了。即使在黑暗里，猫也照样能看得见，所以它根本不需要什么夜视望远镜。对它而言，辨认出驳船和船上站着的人不算什么难事。

驳船开走了。塔克夫人将望远镜夹在腋下。"听着，这样，我们先让克洛伯尝点甜头，免得她怀疑。然后再猛冲过去，登上驳船。到时候，我对付克洛伯。赫尔曼和阿拉酷斯，你俩负责那个饼干和喜鹊帮。"她说完还揉了揉屁股，"小心发夹。"

老塔克点点头。"明白，威尔卡特工！"

阿拉酷斯跳出渔网，准备行动。这时，走道上出现了四个人影。

"喵！"阿拉酷斯扯着嗓子叫着，"喵！喵！喵！"

"是查达一家！"塔克夫人又举起望远镜，"快，赫尔曼，开过去接他们。我们或许需要几个额外的帮手。"

小艇"噗噗噗"地朝他们驶去。

"这儿，伙计们！"老塔克把小艇停靠在一边。

"是老塔克！"迈克尔惊喜地嚷着。

"还有塔克夫人！"查达夫人向他们挥了挥手。

"阿拉酷斯！"凯莉开心地喊道，"它没事儿！"

"你俩怎么在这儿？"查达警探难以置信地问。

"没时间多做解释了，"塔克夫人急匆匆地说，"我们在追克洛伯，她正打算逃跑，得加快点儿速度了。"

"你们三个先跟他们走，"查达警探说，"我们在机场会合，万一你们没抓住她，到时还能补救一下。我得去通知局长，她偷走了真王冠。"

"别告诉我她又用了清洁工的老把戏？"塔克夫人的语气听起来十分恼火。

"你怎么知道清洁工的事儿？"查达警探呆呆地看着她。

"这不重要，"塔克夫人回身说，"我们快走吧。"

凯莉、迈克尔和查达夫人跳上了小艇。

"把这个穿上。"塔克夫人递过来三件救生衣。

"快乐水母号"，救生衣上还印着小艇的名字。

"老塔克，你是不是就是开着这艘船去冒险的？"凯莉把救生衣举过头顶，穿好，再系紧肩带，搭上尼龙扣，"遭遇大龙虾攻击的是这艘船吗？"

"没错！"老塔克畅快地说，毫不顾忌假牙是不是露出来了。"就把性命交给俺这艘'快乐水母'吧，它可是咱渔民的朋友呢。"说完，那条木腿又"砰砰"地踏起了甲板。

阿拉酷斯已经猜到了接下来会发生什么——每次冒险，老塔克都会大唱特唱航海号子。

> 别担心你会撞上岩石，
> 俺的船可像鲑鱼一样结实……
> 它可能像个浴缸，但它对俺非常忠实，
> 它会带着俺穿过风雨，向前行驶。

迈克尔和凯莉咯咯地傻笑着，就连阿拉酷斯听了也忍不住随着拍子抽动起胡子来。

当大龙虾一口咬断了俺的腿，

汩汩的鲜血流啊流，俺要没命了，

还好俺有件针织套衫，缠一缠又没事儿了，

于是俺和俺的小水母又能开开心心地回家了。

"别唱了，赫尔曼，"塔克夫人嘘了一声，"你会把大家都搞晕船的。"

于是，他们挥挥手告别了查达警探，驾着"快乐水母号"悄悄地潜入了泰晤士河水域。

22
狭路相逢

噗——噗——噗——噗——噗——噗——噗——噗——噗——噗——

"什么声音？"为了能够顺利飞抵西伯利亚，避免到达机场前再节外生枝，泽尼亚·克洛伯打开了超强型助听器，监听警察局局长是否下达了新的追捕命令。

姜饼干竖起耳朵。

"我们被跟踪了。"泽尼亚·克洛伯低声说。她调高助听器的音量，皱着眉听了一会儿。"后面跟着一艘叫'快乐水母号'的船，掌舵的是个一条腿的渔夫，戴着假牙，穿着针织套衫……"她耸了耸肩。"如果这就是他们的最强阵容，我们肯定能安然无恙地到家。"

噗——噗——噗——噗——噗——噗——

"喵嗷嗷嗷嗷！"姜饼干冲着船尾咆哮着。

"喳！喳！喳！喳！喳！"喜鹊们也跟着叽叽喳喳地叫起来。

"闭嘴！"泽尼亚·克洛伯厉声说，"否则就把你们都做成馅饼。"

喜鹊们顿时鸦雀无声。

噗——噗——噗——噗——噗——噗——

快乐水母号赶了上来。掌舵的渔夫抽着烟斗，朝泽尼亚·克洛伯挥了挥手。

不过，这立刻招来了她恶狠狠的白眼。

"是时候让我们靠不住的朋友见识一下俄罗斯最新的涡轮增压技术了，姜饼干。"泽尼亚·克洛伯咧开嘴笑了，"你觉得呢？"

"喵嗷嗷嗷嗷！"姜饼干龇着牙。

"顾好你们的羽毛，小家伙们，"泽尼亚大声地提醒几只喜鹊，"接下来，免不了颠簸了。"说完，她走到驳船尾部，伸手扳动控制杆。

嗖！

驳船仿佛一支离弦的箭，冲了出去。"全速前进！"泽尼亚咯咯地大笑着。

"喳！喳！喳！喳！喳！"

喜鹊们面目狰狞地挂在栏杆上，一身的羽毛被吹成一团乱麻。

"嘶嘶嘶嘶嘶嘶嘶！"

姜饼干也紧握着栏杆不放，胡须被风吹得紧贴在脸上。

"啊哈！"泽尼亚·克洛伯兴奋地大叫，"我们甩掉他们啦。"

噗——噗——噗——噗——噗——噗——

"快乐水母号"又追了上来。掌舵的渔夫像刚才一样，朝他们挥了挥手。

"这不可能！"泽尼亚·克洛伯难以置信地叫嚷着，"他们距离我们越来越近了！"克洛伯当机立断地把控制杆扳到最大。驳船开足马力冲了出去。

"喳喳喳喳喳喳喳喳！"喜鹊们扯着嗓子尖叫着，眼珠子都快喷出来了。

"嘶嘶嘶嘶嘶嘶嘶！"

姜饼干的尾巴仿佛一个掌控方向的船舵拖在它身后。

嘟嘟——嘟——嘟——嘟——嘟——嘟——

"快乐水母号"又赶上来了。掌舵的渔夫朝他们竖起了大拇指。

"他要撞过来了！"泽尼亚·克洛伯喊道。

"快乐水母号"裹着一阵风开到驳船边。"惊喜！"伴随着话音，船舱里走出一位高大的妇人，她穿着一条肥大的胶皮钓鱼裤，头上戴着一顶大大的黄帽子，站在渔夫身旁。

泽尼亚·克洛伯难以置信地盯着她，倒吸了一口凉气，惊呼道："威尔卡特工！"

"答对了，"塔克夫人大声说，"现在投降吧，克洛伯。

不然，我就过去亲自动手了。"

"想都别想！"泽尼亚·克洛伯伸手扳动控制杆，直接挂到超强挡，驳船应声疾驰而去。

"喳喳喳喳喳喳喳喳！"

"嘶嘶嘶嘶嘶嘶嘶！"

嗖——嗖——嗖——嗖——嗖——嗖——

"快乐水母号"紧随其后。老塔克不厌其烦地朝泽尼亚挥着手。

"你逃不掉的，克洛伯，"塔克夫人大声地朝她喊话，"我们可比你快多了。"

"不可能！"泽尼亚·克洛伯扯着脖子咆哮道，"你们怎么可能得到俄罗斯最新的涡轮增压技术？这可是最高机密。"

"我们没用你说的那劳什子技术，"老塔克嚷着，"俺的发动机烧的可是瓶装鲨鱼废气。在大海里，那可是最最最最快的鱼燃料。"

"接受吧，克洛伯，游戏结束了！"塔克夫人叫着，"这次你跑不掉了。"

"要打赌吗？"泽尼亚·克洛伯心一横，将控制杆扳到了超强慎用挡。

"喳喳喳喳喳喳喳喳！"

"嘶嘶嘶嘶嘶嘶嘶！"

嘭！

巨大的爆炸声中，驳船腾起一团黑烟，停了下来。

"靠过去，赫尔曼！"塔克夫人指挥着小艇。

噗——噗——噗——噗——噗——噗——

老塔克灵巧地控制着船舵，将"快乐水母号"紧靠着驳船停下来，然后翻出一条粗绳子，把两艘船绑在一起。

"把渔网拿来！"

听到命令的迈克尔、凯莉和查达夫人赶忙抓起那堆折得整整齐齐的渔网。

"我来了。"塔克夫人吃力地翻过小艇的栏杆，爬上驳船。"哟嗬，克洛伯！这边！"

阿拉酷斯敏捷地跟在她身后，蹑手蹑脚地跳上甲板，闪身躲在盆栽后面。它还不想让姜饼干看见自己，它预感到一会儿可能需要它出场。

驳船的另一端，姜饼干挥着爪子，扇开了眼前的黑烟。

"喳！喳！喳！喳！喳！"喜鹊们不停地咳嗽，气急败坏地叫着。

"在那儿等着，我去收拾威尔卡。"说着，泽尼亚·克洛伯匆匆地跑下甲板。

凯莉和查达夫人抓着渔网的一端，老塔克和迈克尔紧握着另一边。

"准备好了吗，查达家的？"老塔克大声问。

"准备好了！"三个人异口同声地回答。

嗖！几个人齐心协力将渔网抛过驳船。

姜饼干奋力一跃。几只喜鹊惊慌地抬起头。

啪！渔网稳稳地扣在了众喜鹊的身上。

"抓住喽！"老塔克欢呼道。

"喳！喳！喳！喳！喳！"喜鹊们拼命地挣扎着，叽叽喳喳地叫着。

"不会吧！"恶棍呜咽道。

"跟勋爵庄园一样，又是惨败的下场！"柴刀嘟囔着。

"姜饼干！"吉米粗声叫着，"快把我们弄出去。"

嗖！一道姜黄色的光一闪而过。

"女士优先。"姜饼干用锋利的爪子撕开了结实的尼龙绳，将渔网扯开一个口子。

"非常感谢！"恶棍率先跳了出来。

"喳！喳！喳！喳！喳！"其他喜鹊也陆陆续续挣脱了渔网。

"它居然扯坏了俺最结实的梭鱼网！"老塔克气急败坏地嚷着，"这个畜生！"

阿拉酷斯躲在盆栽后默默观察着。对于眼前的情形，它一点儿都不感到意外。姜饼干的爪子比肉贩的刀还要锋利呢。

"现在怎么办？"查达夫人问。

老塔克挽起袖子。"无论谁撕坏了俺最结实的梭鱼网，都别妄想能逃之夭夭。"说完，他一个健步跨上了驳船。

23
泰晤士河上的决斗

"我们最好跟上去,"迈克尔说,"免得他又把腿卡住了。"

于是,查达一家也爬上了驳船。

"快点,赫尔曼!"驳船的另一端,塔克夫人正和克洛伯打得不可开交。

阿拉酷斯悄悄地探出头,瞄了一眼。塔克夫人正朝泽尼亚猛扔沙丁鱼。原来,她把那些沙丁鱼都揣进橡胶钓鱼裤的口袋里了!

啪!"接招儿,克洛伯!"塔克夫人第一拨瞄准泽尼亚的眼睛猛攻。

啪!第二拨砸掉了她的超强型助听器。

啪!第三拨擦着她的下巴飞过去,还留下了一块鳞片。

嗖!嗖!嗖!泽尼亚接二连三地用发夹回击。"快过来,姜饼干!"她尖声喊道,"我需要帮忙。"

阿拉酷斯绞尽脑汁地考虑着对策。眼下看来,塔克夫人肥大的橡胶钓鱼裤和硕大的防水帽暂时能够抵御泽尼亚的攻击，但要是姜饼干也掺和进来的话，可能就没那么轻松了。它锋利的爪子连木头都能砍断，更别说什么橡胶了，简直轻而易举。

"嘶嘶嘶嘶嘶嘶嘶！"

"你在干什么，赫尔曼？"塔克夫人叫着，"你不是早该搞定那个什么饼干了吗。"

"我的腿卡住了！"老塔克扯着脖子回答，"快来，孩子们，快把我拽出来！"

凯莉和迈克尔跟在查达夫人身后，爬上了驳船。三人紧握住老塔克毛茸茸的大手，用力地往外拉。

啪！嗖！啪！嗖！啪！塔克夫人和泽尼亚正打得难分难解。

嘭！嘭！嘭！嘭！姜饼干蓄势待发，随时准备扑上去撕碎塔克夫人的橡胶服。

"喳！喳！喳！喳！喳！"喜鹊们见状又活跃起来。

阿拉酷斯叹了口气，暗下决心，来战吧！

它从暗处现出身来。

"这儿，姜饼干！"

姜饼干转过头。"利爪？"它难以置信地嘀咕着，"不可能，我看着你摔下大桥，你不是死了么？"

"哼。"阿拉酷斯摇了摇头，"姜饼干，你肯定是忘了点儿什么吧，猫可是有九条命的。上次差点被你杀掉，还剩八条命。现在，可还有七条命呢。"

"呜呜呜呜呜。"姜饼干朝它的方向迈了一步。

"这边,阿拉酷斯,"老塔克叫道,"查达家的,快躲进船舱,里面安全,顺便看看王冠是不是在里面。俺自己能搞定这条腿。"

两个孩子和查达夫人赶紧往船舱跑。

阿拉酷斯趁机退回到老塔克身边。

姜饼干压低身体,步步紧逼。

"沙丁鱼快用完了!"塔克夫人拼命呼喊道,"请求支援!请求支援!"

"说再见吧,利爪。"姜饼干竖起姜黄色的毛,冷冷地说。

"把它交给我,阿拉酷斯!"

阿拉酷斯抬起头,看见身边的老塔克摇来晃去,一只手里还握着自己的木腿。

姜饼干看看阿拉酷斯,又看看老塔克,一时不知该如何应对。"我先收拾那个老家伙,"它咆哮道,"回头再收拾你。"说完,便化作一道姜黄色的闪光冲了出去。

几乎同一时间,老塔克猛地抡起木腿砸向姜饼干,可惜打偏了。"该死!"他咒骂着,摔倒在地,"它钩住俺了!"

阿拉酷斯目瞪口呆。姜饼干的铆钉项圈竟然挂在老塔克身上拿不下来了!

咻!姜饼干不死心地挣扎着,夹在老塔克胡子和毛线衣缝

隙里的残渣随之纷纷洒落到甲板上。哧！哧！哧哧哧！越挣脱就缠得越紧。"救我，你们这群蠢喜鹊！"它狂躁地吼着。

"喳！喳！喳！喳！喳！"

喜鹊们一股脑地冲向了老塔克。

"炸鱼条！"老塔克禁不住痒，哈哈大笑起来，"鸟又来了！它们要在我身上垒窝了！"

"这主意不坏，"恶棍扭得更欢了，"真舒服。"

"唔，软软的。"柴刀舒服地蜷伏着。

"嗝！"傻蛋惊喜地叫着，"还有沙丁鱼碎末！"

"我饿了！"贪吃鬼嘀咕着。

"我也饿了，"大胃说，"我饿得连傻蛋的屎都吃得下去。"

不约而同地，喜鹊们开始啄食老塔克的胡子，翻出夹在里面的残渣吃了起来。

"快给我住手！"吉米吼着，"不然我们就全军覆没了。"它用力地啄着结扣，想把姜饼干解救出来。

阿拉酷斯站在一旁，思量着该怎么做。甲板上到处是胡子和针织套衫里的碎屑。

哧！哧！哧！

啄！啄！啄！

看样子用不了多久，姜饼干和吉米就能挣脱出来。

就在这时，船舱门"砰"的一声打开。迈克尔"咚咚咚"地跑上来。"王冠没事儿，"他气喘吁吁地说，"我们找到了这个。"迈克尔手里攥着一个绿色瓶子，上面标着"安眠药"几个字。"凯莉和妈妈在找发夹，阿拉酷斯，"他大声喊道，"你能制服姜饼干了。"

阿拉酷斯重新精神抖擞起来。它抽了抽那只完整的耳朵，又抖了抖那只残耳。发夹什么的，它才用不着。嘭！嘭！嘭！嘭！它亮出了前爪的指甲。

迈克尔困惑地看着它，不明白是什么意思。猛地，他领悟过来。"好主意，阿拉酷斯！"他赶忙把瓶子伸过去，稳稳地托着。"小心点儿，别沾到自己的手掌上。"

阿拉酷斯把爪子伸进安眠药里，蘸了蘸。

姜饼干和喜鹊帮惊恐地看着这一切。

"不！"姜饼干疯狂地撕扯起来，"快点，你们这些没用的笨蛋，它会把我们全抓晕的。"

"来吧。"阿拉酷斯向前一步，伸出了爪子。

"喳！喳！喳！喳！喳！"喜鹊们扑棱着翅膀，乱成一团。

"就先从你们这些家伙下手吧。"阿拉酷斯说。

哧！"呼呼呼呼呼。"贪吃鬼晕了过去。

哧！"呼呼呼呼呼。"大胃打起了瞌睡。

哧！"嗷呼呼呼呼。"傻蛋倒下了。

哧！"喳啊啊喳啊。"柴刀闭上了嘴巴。

哧！"好像睡美人一样！"恶棍叹息着合上了眼睛。

阿拉酷斯再次蘸湿了爪子。"现在，轮到你了。"

嘘！"我一定会找你算账的，利爪！"喜鹊吉米终于消停下来，闭上眼睛睡了过去。

"晚安，姜饼干！"哧！哧！哧！哧！为了保险起见，阿拉酷斯冲着姜饼干结实的屁股连刺了四下。

"噢啊啊啊啊唔唔唔唔唔。"姜饼干顿时不省人事。

"干得好，阿拉酷斯！"老塔克勉强爬起来，不知从哪个裤子口袋里掏出一把剪刀。

咔嚓！咔嚓！咔嚓！三两下就铰烂了针织套衫，缠在一起的喜鹊和姜饼干劈里啪啦地摔在甲板上。

"这衣服跟了俺好久了！"老塔克看着落了一地的碎屑，难过地摇了摇头，"好吧，我得问问埃德娜，能不能再给我织一件新的。"

埃德娜！阿拉酷斯惊恐地转过头。他们都把塔克夫人忘得一干二净了。

这时，塔克夫人拖着厚厚的橡胶裤子，跌跌撞撞地朝他们走过来。"你去哪儿了？"她把最后一条沙丁鱼狠狠地砸在老塔克的脑袋上。"我已经竭尽所能地拖住克洛伯了。都是因为你，她又逃走了！"

"听我说，埃德娜！"老塔克刚爬起来没多久，又摔倒了。"俺的腿卡住了！"他为自己辩解道。

嗖！

一条钓鱼线从阿拉酷斯面前飞了过去，等它意识到时，为时已晚。

所有人都惊讶地抬起头。只见老塔克那件破破烂烂的针织套衫被吊到了半空中，几只喜鹊和姜饼干还缠在里面，睡得正酣，丝毫没有醒来的意思。

"哈哈哈哈哈哈！"泽尼亚·克洛伯可怕的笑声在耳边炸开，"你还不知道吧，威尔卡，我得过七次西伯利亚钓鱼赛冠军呢！"

"克洛伯偷了我的索具！"老塔克急得直跳脚，"快想想办法！"

那件破针织套衫在他们头顶颤巍巍地荡了一会儿，最后落在了"快乐水母号"上。

噗噗噗噗噗噗！

"拜拜喽！笨蛋们！"克洛伯大声喊道。

"俺的船！"老塔克捶胸顿足地哀嚎着，"她肯定是趁我们不注意解开了缆绳！"

阿拉酷斯知道他说得对。驳船静静地漂在河面上，克洛伯却越来越远！还救走了姜饼干和喜鹊帮！做了这么多坏事后，他们居然溜走了！阿拉酷斯爬上栏杆，打算纵身跃进泰晤士河。如果可以，它真想游着去追"快乐水母号"。

"不要，阿拉酷斯。"塔克夫人用防水帽一把兜住了它。"你已经尽力了，你拯救了王冠，挽救了女王的权威。我们今天做得已经够多了。"

"埃德娜说得对。"老塔克吸了吸鼻子。"而且，"他勉强挤出一个笑容，"鲨鱼废气也快烧完了，他们跑不了太远。"

凯莉抱起阿拉酷斯。"你在这儿真是太好了。"她把脸埋进阿拉酷斯的毛发里，闷闷地说。

"哪儿都别去。"迈克尔搔着它的下巴。

"除了回家。"查达夫人温柔地说。

回家。阿拉酷斯低沉地咕噜起来。"家"这个字听着真让人开心。阿拉酷斯发觉自己已经迫不及待地想要回家，它要和咪咪一起在夕阳下的海滩漫步，慢慢地给它讲述这次的冒险故事。

24
机场的女特工

飞机场，查达警探在办理登记手续的柜台前焦急地踱来踱去。

忽然，步话机劈啪地响起来。是总部。

"克洛伯现身了吗？"警察局局长问道。

"还没有，长官。"查达警探回答。

"记住，查达，"局长语重心长地说，"如果她从威尔卡特工眼皮底下逃脱了，能不能赶在登机前逮捕她就全指望你了。"

"我明白，长官。这回她插翅也难逃。"

"很好。我会尽快赶过去。"步话机安静了下来。

就在这时，一位上了年纪的老妇人蹒跚着走进了飞机场，她穿着长长的雨衣，戴着一顶羊毛帽。查达警探立刻认出了她。局长的母亲！老妇人的穿着和之前在蒂凡尼店里遇见她时没什么两样，只不过这次除了狐狸围脖，她还戴了一条黑白相间的长款羽毛围巾。查达警探扮了个鬼脸。做得可真逼真啊，还有小尖嘴呢。

"局长老夫人！"查达警探殷勤地与她打招呼，"十分抱歉，上次冒犯您了。"

老妇人瞪了他一眼。"哼，最好是，"她环顾了一下周围，问道，"我儿子呢？他让我在这儿等他，说是要让我亲眼见证他逮捕克洛伯，获得勋章的。"

"他正在赶来的路上，"查达警探说，"应该很快就到了。"

突然间，老妇人痛苦地呻吟起来。"脚上的鸡眼要痛死我了，"她抱怨着，"我想找个地方坐一会儿。"

"去候机室吧，那儿有座位，"查达警探提议说，"那儿还能安全点儿。"

"好吧，如果你这么坚持的话。"

查达警探目送着老妇人穿过空无一人的安全门，长舒了一口气。他可不想让局长的母亲冒着被发夹刺伤的风险！

老妇人刚从他的视野中消失，查达警探就听到一阵叽喳的叫声和杂乱的脚步声。他皱了皱眉，心想：也许她脚上的鸡眼好点儿了？

哇啦！哇啦！哇啦！

警察局局长快步跑进机场。"我刚得到消息！克洛伯又从威尔卡眼皮底下逃跑了。她正

带着姜饼干和喜鹊帮往这儿赶。”

查达警探倒吸了口凉气问："我的家人怎么样了？他们还好吗？"

"一切都好，"局长嘟囔着，"阿拉酷斯也好。"

查达警探松了口气。"放心，长官，"他信誓旦旦地说，"我已经布置好了，只要克洛伯一出现，我就能立即逮捕她。"说着，他话锋一转。"哦，对了，我刚把您母亲送到候机室去休息。"他咽了口唾沫，试图说点好听的，"她戴那条长款羽毛围巾真优雅。"

"你说什么呢，查达？"局长一头雾水地嚷着，"我母亲现在正和女王陛下玩桥牌呢。再说了，她根本就没有羽毛围巾啊。"

"可是……"查达警探脸色煞白。

不是吧？障眼法！

"那架飞机起飞了吗？"局长把眼睛瞪得老大，"慢着，你刚刚说什么？我母亲？你不会以为……"他气得脸色发青。"你这个白痴！"

查达警探叹了口气。又要回去指挥交通了。无所谓了，他心想，谁在乎呢，至少他的家人是安全的。

25
女王来信

伦敦白金汉宫

立托顿镇花月街2号

阿拉酷斯·文绉绉酷斯·喵喵普斯·利爪先生

亲爱的阿拉酷斯：

感谢你的英勇壮举，你不仅阻止了泽尼亚·克洛伯和她的犯罪团伙盗窃王冠，更挽救了整个王室。要不是你的胆量和勇气，菲利普和我只能在苏格兰的家庭旅馆里度过余生，游客们也再没机会一睹伦敦塔的芳容。（当然啦，我并不是说家庭旅馆有什么不好。实话跟你说吧，我很喜欢那儿的，不过，菲利普喜欢订六个房间换着睡，那可就贵了。）不管怎样，正如我之前所言，我们认为你的表现十分出色，完全配得上"猫警长"这个称号。

我想，如果你知道我已经授予了查达警探"王室豁免权"的话，一定会很开心。查达警探不必为放走泽尼亚·克洛伯、姜饼干和喜鹊帮而感到自责，让他们逃到西伯利亚并不是他的错。显然，克洛伯巧妙地将自己伪装成警察局局长的母亲，把姜饼干假扮成狐狸围脖，至于那些喜鹊，则被用绳子绑在一起，外表看着就像一条带着小尖嘴的长款羽毛围巾。我已经告诉警察局局长不要再计较这件事儿。老实说，任何人都有可能犯同样的错误！而且，谁希望他们留在这儿呢？我更想他们待在西伯利亚，别再搞乱了我的监狱。

最后，还有一件事儿。我已经写信给威尔卡特工和她的丈夫赫尔曼·塔克先生，以表彰他们夫妇二人的勇气，同时也衷心希望塔克先生会喜欢他的新针织套衫。令人高兴的是，"快乐水母号"完好无损地出现在肯特郡岸边。不得不提的是，鲨鱼废气似乎是一种非常高效的燃料。菲利普和我正考虑大规模地应用它，以期能改善我们的环境。

最后，再次感谢你的出色表现，阿拉酷斯。未来如果有机会的话，希望我们能再见面，如果有空，也希望你能到皇宫做客，顺便教教我的柯基犬怎么才能变得像你一样有礼貌！

诚挚的祝福

多亏了阿拉酷斯·文绉绉酷斯·喵喵普斯·利爪

仍旧是女王的伊丽莎白

阿拉酷斯和咪咪并肩坐在立托顿镇的海滩小屋旁，一同享用了塔克夫人用新围巾包给它的两条沙丁鱼（像那条被姜饼干

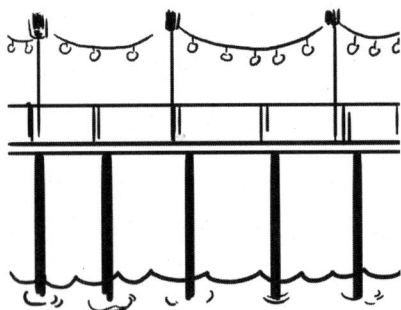

撕碎的旧围巾一样，新的红色围巾上也用细密的白线绣了它的全名）。阿拉酷斯吃得肚皮溜圆，然后为咪咪念了女王写来的信。它满足地叹了口气，回家的感觉真是太棒了。

咪咪紧握着它的爪子说："我真为你感到骄傲。"它仔细地为阿拉酷斯系好围巾。"我也喜欢你的新警猫徽章。"

"是查达警探专门定做的。"阿拉酷斯低下头，凝视着警徽说。新的警猫徽章就别在围巾上，它看不太清上面写的字，不过，它知道阳光下的警徽总是闪闪发光的。

"这是你应得的。"咪咪说。它放开阿拉酷斯，抬起爪子摩挲着胡须，突然，它笑着说："你知道吗，我很想你。"

"真的吗？"阿拉酷斯的心"咚咚"地狂跳起来。

"嗯。"咪咪脸上的表情渐渐从微笑变成眉头紧锁，"但是我也很生你的气。"

"哦。"阿拉酷斯沮丧地应了一声。

"当你为了拯救渡鸦忙得不亦乐乎的时候，我却在这里什么忙都帮不上。"咪咪抱怨道，"下次，如果你再去探险，阿拉酷斯·文绉绉酷斯·喵喵普斯·利爪，我也要和你一起，可以吗？"

"可以，"阿拉酷斯开心地回答，"不过，要是我把你染成别的颜色的话，你可不能生气啊。"

"不会的。"咪咪发誓说。

阿拉酷斯站起身，打了个哈欠，伸了个懒腰。如果再去冒险的话，身体得壮实点，不用像姜饼干那样把自己搞得跟举重运动员似的，但体重至少要轻一些，就像它刚来立托顿镇还是猫大盗时那样。"想去散散步吗？"它问。

"非常乐意。"咪咪说。

"回镇上还是去海边？"

"当然是海边啦。"

"真高兴你也这么想，"阿拉酷斯说，"我想去看夕阳。"

"我也是。"

"那我们走吧。"

它们愉快地咕噜着，沿着柔软的沙滩悠闲地漫步。火一般的夕阳染红了天空，将苍穹下的万物映成棕黑色，就像阿拉酷斯一样。